글자, 삶을 말하다

글자,

한자에 담긴 인간의 경험과 사유

삶을
말하다

최종호 저

學古房

서문

글자는 살아 있다.
단순한 기호가 아니다.

바람이 불고, 물이 흐르며
사람의 숨결과 세상의 온기가 스며 있다.

한자는
자연과 인간이 오래 나눈 대화의 흔적이다.

하늘의 흐름, 산의 윤곽, 마음의 숨결까지
모두 획과 점에 새겨졌다.

한 글자를 바라보면
시간은 잠시 멈추고
작고 큰 이야기들이 물결처럼 피어난다.

이 책은
그 이야기들을 따라 걷는 길이다.

유치원의 호기심,
대학생의 사색,
사회인의 삶 속에서
필자가 오랜 세월 가르치며 품어온 글자 이야기들.

글자를 따라 마음을 살피고 세상을 읽으며
조용히 삶을 성찰하는 동안

한자는 더 이상 옛 문자나 학문이 아니라
오늘 우리에게 말을 거는
살아 있는 생명체가 된다.

글자 하나하나에
인간과 자연, 시간과 삶이 스며 있다.

땅과 이름, 사람과 마음, 배움과 수양,
자연과 사물, 예술과 인물, 놀이 속 글자까지

—모든 이야기가
우리를 세상과 자신에게로 이끈다.

부디 이 글자들이
당신의 하루 속으로 스며들어

아침 햇살처럼 은은히 마음을 밝히고,

창가에 내린 빛줄기처럼
조용히 하루를 비추길 바란다.

작은 빛이 마음을 감싸듯,
조용한 물결이 세상을 어루만지듯,
글자는 흐르고, 스미고, 살아 있다.

흐르는 물처럼, 바람에 스미듯,
부드럽고도 단단하게―

그것이
글자가 삶을 말하는 방식이니까.

2026년 1월 20일
요산연실에서
최종ㅎ

II 사람과 마음의 철학 — 자아와 인간관계

III 배움과 수양의 길 — 지식과 지혜

IV 자연과 사물의 철학 — 세상 만물의 지혜

V 예술과 인물 — 시와 이름의 이야기

VI 글자와 놀이, 구조 속 지혜 — 창의와 사유

부록 — 글자 속 창의와 유희의 세계

I

땅과 이름의 기억

— 자연과 언어, 삶의 터전

이 장은
자연과 인간의 관계,
그리고 그 속에서 피어난 지명의 의미를 더듬는다.

지명은 단순한 부호가 아니라,
땅의 기운과 사람의 삶이 어우러진 흔적이다.

척박한 흙에서도 생명을 틔운 두마豆麻는
인간의 강인한 생명력을 상징하고,

해안면亥安面과 해안解顔은
'얼굴이 펴지는' 평온의 마을로서
웃음과 평화의 기억을 품고 있다.

속리산俗離山은
속세를 벗어나 고요를 찾는 산으로,

그곳에 머문 신미대사信眉大師의 자취와 함께
세속을 초월한 마음의 안식처를 떠올리게 한다.

주천酒川이라는 지명은
그 속에 담긴 술 향기처럼 인간적인 정과
풍류가 흐르는 마을의 역사를 증명하며,

토함산吐含山은
'토하고 머금다'는 뜻에서

자연의 순환과 생명의 호흡을 상징한다.

칠보시七步詩 는
형제의 갈등 속에서도 시로 마음을 전한 이야기로,
언어의 품격과 인간다움을 일깨우며,

충이虫二는
작고 단순한 글자이지만
그 속에 바람과 시간의 흐름이 숨어 있어 변화의 본질을 보여준다.

또한 장수왕과 광개토대왕의 이름에는
왕의 운명과 시대의 기상이 담겨 있고,

마지막의 '싹과 아지'는
작은 생명에서 시작되는
희망과 가능성의 세계를 열어 보인다.

이처럼 이 장은
지명과 이름,
글자와 삶이
서로를 비추는 거울임을 보여주며,

한 글자 속에도
인간의 기억과 자연의 숨결이 깃들어 있음을 일깨운다.

1

두마豆麻
— 척박한 땅에서 피어난 생명

신석우申錫愚 의《해장집海藏集》〈이진죽지伊珍竹枝〉에 따르면,
伊珍買縣(이진매현),

즉 오늘날 포항시 북구 죽장면에는
예로부터 '두마豆麻'라 불리는 마을이 있었다.

이름 그대로 콩豆과 삼麻에서 비롯된 이 지명에는
마을의 역사와 삶의 흔적이 스며 있다.

이곳의 산세는 험하고 땅은 척박하여
웬만한 곡식은 뿌리를 내리지 못했다.

그러나 콩과 삼만은

묘하게도 그 거친 땅에서도 싹을 틔우고 자라났다.

그래서 사람들은
이 두 작물을 의지해 겨울을 견디며 살아갔고,
결국 마을 이름도 '두마'라 불리게 되었다.

척박한 흙에서 피어난 생명처럼,
이 이름은 땅과 사람의 끈질긴 생존 의지를 상징한다.

흙은 메말랐지만,
그 속의 삶은 오히려 단단했다.

세월이 흘러,
한때 메마른 땅으로만 여겨졌던 두마는
지금 전국 10대 명승지로 손꼽히는 아름다운 여행지가 되었다.

황량함 속에서도 생명을 품어낸 땅의 힘,
그것이 바로 두마의 이야기이다.

2

해안면亥安面과 해안解顔
— 얼굴이 펴진 평온의 마을

강원도 양구군 대암산을 넘어서면,
사방이 산으로 둘러싸인 넓은 분지가 펼쳐진다.

이곳이 바로
해안면亥安面이다.

옛날 이 마을은
안개가 짙고 습기가 많아 뱀이 자주 출몰하던 곳이었다.

농부들이
논으로 나가면 발밑에서 꿈틀거리는 뱀에 놀라 쩔쩔매기 일쑤였다.

그러던 어느 날, 누군가

"돼지는 뱀을 잘 잡는다더라."라고 말하자,
사람들은 시험 삼아 돼지를 들판에 풀었다.

과연 돼지는
뱀을 보자마자 덥석 물어 한입에 삼켜버렸다.

뱀의 독이 삼겹살을 뚫지 못하기 때문에,
뱀은 돼지에게는 고양이 앞의 쥐나 다름없었다.

그 뒤로 마을에는 다시 평안이 찾아왔다.
사람들은 그 기쁨을 기려

'돼지 해亥'와 '편안할 안安'을 합쳐
이 마을을 해안亥安이라 부르게 되었다.

이름 속에는 두려움을 극복하고 평온을 되찾은
삶의 지혜와 공동체의 기억이 깃들어 있다.

또한 조선 후기 학자 간재 최규서崔奎瑞도
《간재집艮齋集》에서 해안면을 이렇게 기록했다.

"사방이 산으로 둘러싸여 마치 가마솥의 바닥과 같으니,
전란을 피할 만한 곳이라 일컬어진다."

그는 공무로 곡식을 관리하던 중
이곳을 방문해

자연의 청량함과
인간의 성실한 삶이 조화를 이루는 풍경을 글로 남겼다.

한편,
남쪽 대구광역시 동구에도
'해안解顏'이라 불리는 마을이 있다.

발음은 같지만 뜻은 전혀 다르다.
'얼굴이 풀린다'는 의미의 解顏은
고려 태조 왕건王建의 피난 전설과 관련이 있다.

후백제 견훤甄萱에게 쫓기던 왕건이
죽을 고비를 여러 번 넘기며 이곳까지 피신했다고 한다.

진흙투성이의 몸으로 산그늘 아래 멈춰 선 그는
하늘을 올려다보며 가쁜 숨을 내쉬었다.

"휴— 살았다."
그 순간 굳게 얼어붙었던 얼굴이 스르르 풀리며,
긴장과 공포가 녹아내렸다고 한다.

그 뒤로 사람들은 이곳을 해안解顏,
곧 '얼굴이 풀린 마을'이라 불렀다.

이처럼 亥安과 解顏,
두 해안은 소리만 같을 뿐 서로 다른 이야기를 품고 있다.

하나는
뱀의 위협을 물리치고 얻은 생명의 평안,

다른 하나는
죽음의 공포를 벗어나 얻은 안도의 표정을 상징한다.

한자의 이름 속에는
지역의 역사와 인간의 체험이 함께 새겨진다.

'해안'이라는 두 글자에는
두려움과 생존,
안도와 감사가 겹겹이 스며 있는 삶의 이야기가 살아 있다.

이름은 단순한 지명이 아니라,
사람과 땅이 함께 써 내려간 존재의 기록인 것이다.

3

속리산俗離山
— 속세를 벗어난 고요의 산과 신미대사信眉大師

충청북도 보은에 자리한
속리산俗離山은
그 이름부터 심오하다.

'속리'란 말 그대로
속세를 떠난다는 뜻이다.

이 산은
예로부터 세속의 욕망과 번뇌를 내려놓는 정화의 산,
마음이 다시 맑아지는 수행의 터전으로 알려져 있다.

깊은 골짜기로 들어서면
계곡물은 맑고, 바람은 고요하며,

햇살은 나뭇잎 사이로 부드럽게 스며든다.

이 고요한 품 안에서 세상의 번잡함은 사라지고
남는 것은 오직 내면의 평안과 깨달음의 숨결뿐이다.

이 산의 중심에는
천년고찰 법주사法住寺가 있다.

"불법이 머무는 절"이라는 이름처럼,
속리산의 정기와 불심이 고요히 머무는 곳이다.

이곳에는
조선의 성군 세종과 깊은 인연을 맺은
한 고승의 자취가 남아 있다.
그가 바로 신미대사信眉大師다.

신미대사의 속명은 김수성金守省으로,
본관은 영동永同이다.

젊은 시절에는 유학을 공부하며
집현전 학사로도 이름을 올렸으나,

가문의 몰락과 세속의 부패를 목도한 뒤
속세를 떠나 불문에 귀의하였다.

그가 출가하여 머문 곳이 바로

속리산 법주사 복천암福泉庵이다.

세종은
신미대사의 청정한 인품과 깊은 학문을 높이 사
그를 가까이 모셨다.

세종이 아내 소헌왕후의 명복을 비는
불사佛事를 계기로 인연을 맺은 두 사람은
서로의 지혜를 나누며 신뢰를 쌓았다.

신미대사는 세종의 불교 이해를 깊게 했고,
나아가 훈민정음 창제의 숨은 조력자로서
그 뜻을 함께했다는 전승이 있다.

그의 동생 김수온과 더불어
불교 경전을 우리말로 펴내고자 한
세종의 뜻을 실현한 이들이 바로
신미대사와 불문 학승들이었다.

훈민정음은
그 손끝에서 불경佛經의 소리로,
백성의 언어로 새 생명을 얻었다.

신미대사는 세종과 문종, 세조를 거쳐
왕실로부터 깊은 존경을 받았으며,

세조가
친히 복천암을 찾아 예를 올렸다는 기록도 남아 있다.

그의 법맥과 사상은
이후 조선 불교의 정신적 기반이 되었다.

오늘날 법주사 복천암 극락보전에는
신미대사의 탱화가 남아 있다.

그 얼굴은 부드럽고 단정하며,
마치 속리산의 바람처럼 고요하다.

그 앞에 서면 천년의 시간이 멈춘 듯,
세종과 신미가 마주 앉아

"글로 백성을 이롭게 하고,
불법으로 마음을 밝히자"
하던 대화가 들려오는 듯하다.

속리산은 단순한 산이 아니다.
그것은 속세를 떠나 진리를 찾은
신미대사의 마음,
그리고 인간이 내면의 빛을 향해 나아가려는 영원의 상징이다.

속리산의 바람은
지금도 그 뜻을 전한다.

세속을 떠나지 않더라도
그 마음 하나로 깨끗이 살면

누구나 속리俗離의 경지에 닿을 수 있음을
고요히 일러주는 산이다.

4

주천 酒川

— 술 향기 흐르는 마을

술 향기 흐르는 청정의 마을
강원도 영월군에는

'주천酒川'
이라는 고장이 있다.

'술 주酒' 자가 들어가니,
듣기만 해도 어딘가 향긋한 술 냄새가 나는 듯하다.

이 지역에는
예로부터 맑은 물이 흐르고,

상류에는

무릉武陵과 도원桃園이라는 마을이 있다.

그 물로 빚은 술맛이 별미라 하여,
사람들은 천천히 흐르는 그 냇물을

'술 냇물'이라 불렀고,
그 이름이 그대로 '주천酒川'이 되었다.

어쩌면 이곳의 이름에는
도연명의《도화원기桃花源記》속

'무릉도원'처럼,
술과 평화가 흐르는 세상의 염원이 담겨 있는지도 모른다.

하지만 주천은
단지 풍류의 마을이 아니었다.

역사의 깊은 골짜기 속에서
청정함과 절의節義의 상징이 되어온 곳이기도 하다.

바로 옆 고을 영월寧越은
조선의 어린 임금 단종端宗이
억울하게 왕위를 잃고 유배되어 생을 마친 곳이다.

그의 마지막 숨결이 깃든 청령포와 장릉은
지금도 왕의 비운과 충신들의 눈물을 전한다.

그리고 그 단종의 시대에서 약 250년 뒤,
숙종肅宗 말년에는

또 다른 선비 도신징都慎徵이
붕당의 모함에 휘말려
이곳 주천酒川으로 유배되었다.

그는 부정한 권세에 맞서
예의 바른 길을 지키려 했던 인물로,
결국 '의리의 선비'로 남았다.

이처럼 영월과 주천은
시대는 달라도 늘 정직한 이들의 피난처,
권력에 오염되지 않은 청정지淸淨地로
존재했다.

푸른 산과 맑은 물이 감싸 안은 그 땅에는
권세를 버리고 의리를 지킨 이들의 숨결이 서려 있다.

그래서일까,
오늘도 주천의 바람 속에는

은은한 술 향기와 함께
절개와 순수의 기운이 스며 흐른다.

5

토함산吐含山
─ 산이 토하고 강이 머금다

경주 불국사 뒤편에는
신라의 정기가 서린
토함산吐含山이 우뚝 서 있다.

글자 그대로 '토吐하고 함含하는 산',
즉 '뱉고 다시 머금는 산'이라는 뜻이다.

이 단순한 이름 속에는
자연과 인간,
생과 사의 순환을 꿰뚫는 깊은 철학이 담겨 있다.

신라 제30대 문무왕文武王은
생전에 왜구의 침입이 잦자,

죽음을 앞두고 다음과 같은 유언을 남겼다.
"내가 죽으면 바닷속에 수장하라.
물속에서 용이 되어 왜적을 물리치리라."

아들 신문왕神文王은
그 뜻을 받들어
감포 앞바다의 바위 속에 부친의 시신을 안치하였으니,
그곳이 바로 오늘날의 대왕암大王巖이다.

토함산에서 흘러내린 물줄기는
바다로 이어지고,

그 물은
대왕암의 바위틈을 드나든다.

이 순환은 곧 산의 '토吐'와
바다의 '함含'을 상징한다.

산이 생명의 기운을 내뿜.고吐,
바다가 그것을 머금어含 다시 되돌려주는 것이다.

이렇게 토함산의 정기가 바다 속 대왕암으로 스며들며
신라의 국운을 지키는 자연의 호흡이 완성된다.

불국사 뒤편의 석굴암石窟庵이
바다 쪽,

즉 대왕암이 있는 감포 앞바다를 향하고 있는 것도
우연이 아니다.

신라인들은 석굴암의 부처님이
바다 속 용왕이 된 문무왕을 바라보며
나라를 수호한다고 믿었다.

산과 바다, 생과 사, 불법과 충의가
하나의 원圓으로 이어진 것이다.

신문왕은 아버지의 뜻을 기리며
대왕암 근처에 '은혜에 감사한다'는 감은사感恩寺를 세우고,
바닷가에는 이견정利見亭을 지었다.

'이견정'은
《주역周易》의 구절,

"용이 밭에 나타나니, 대인을 보면 이롭다
[見龍在田(현용재전) 利見大人(이견대인)]"
에서 이름을 따왔다.

바다 속 용(문무왕)이
언젠가 다시 세상에 나올 때,

그를 맞이할 대인(신문왕)이
준비되어 있음을 상징하는 이름이었다.

아버지의 충忠과
아들의 효孝가 이어진 이 공간은
신라인의 깊은 정성과 국가관이 깃든 성역이었다.

그러나 '토함吐含'의 의미는
단지 부자 간의 이야기에서 그치지 않는다.

그보다 훨씬 이전,
신라의 내물왕奈勿王 때에도
이 산은 이미 나라를 지키는 살아 있는 존재였다.

《삼국사기三國史記》〈신라본기〉 내물 이사금 9년(서기 364년) 조에 따르면,
내물왕 9년(364년) 봄,
왜병이 계림(경주)에 쳐들어왔다.

왕은 풀로 허수아비 수천을 만들어 갑옷을 입히고,
병기를 들려 토함산 기슭에 벌여 세웠다.

그리고 정예병 천 명을
부현釜峴 동쪽 들판에 매복시켰다.

왜군이 병력이 많음을 믿고 밀려들자,
토함산 아래의 허수아비 군사가
마치 살아 움직이는 듯 보여
그들은 방심하였다.

그 순간 매복병이 달려나와 일제히 공격하니,
왜군은 크게 패하여 거의 전멸하였다.

이 기록은 단순한 전술의 묘사가 아니다.
신라인은 이미 이때부터
토함산을 생명력과 지혜가 깃든 '영산靈山'으로 여겼다.

산이 토吐하여 군세를 내뿜고,
적을 삼켜 함含하듯 잠재우는 산
―자연과 인간이 혼연히 하나가 된 신라의 정신이 그 속에 있었다.

조선의 대학자 율곡 이이李珥 또한
일곱 살 때 화석정花石亭에서
이 '토함吐含'의 뜻을 노래했다.

"산은 외로운 바퀴 달을 토해 내고,
강은 만 리의 바람을 머금었네.
[山吐孤輪月(산토고윤월) 江含萬里風(강함만리풍)]"

이 시는 단순한 경치의 묘사가 아니다.
달이 스스로 뜨는 것이 아니라
산이 달을 토해내고,

바람이 불어 파도가 생기는 것이 아니라
강물이 바람을 머금어 파도가 밀려온다는,
주객의 전환을 통해 자연의 생명성을 드러낸 것이다.

자연이 능동적 주체가 되고,
인간은 그 흐름 속에 하나가 된다.

이러한 사유는
동양적 우주관의 정수이자,
신라인이 품었던 자연과 생명의 순환 의식과도 맞닿아 있다.

결국 '토함吐含'은
단순한 동작이 아니다.

그것은 산과 바다의 숨결,
부자간의 충효,
나라를 지키는 지혜와 생명의 순환을 함께 상징한다.

토함산에서 흘러온 물은 문무왕의 바다에 머금어지고含,
바다는 그를 다시 토해吐 신라를 지켰다.

내물왕의 토함산은
적을 토해내며 나라를 구했고,

율곡의 시 속에서는
산이 달을 토하고, 강이 바람을 머금었다.

하늘과 땅, 움직임과 고요,
생生과 사死가 한 호흡으로 이어진다.

토함산은 단순한 지명이 아니다.
그곳은 충과 효, 지혜와 생명,

자연과 인간의 조화가 살아 숨 쉬는,
신라의 영혼이 머무는 산이다.

6

칠보시 七步詩
— 삶과 운명이 담긴 시

사람들은 흔히
유비와 조조를 비교한다.

유비는
덕 있는 인물로,

조조는
간사하고 잔혹한 인물로 알려져 있다.

그러나 조조는
단순한 정치가나 군사 지도자가 아니었다.

그는 당대 최고의 문인이었고,

그 가문은 중국 문학사에서 손꼽히는 시적詩的 명문이었다.

조조의 두 아들 조비曹丕와 조식曹植은
'삼조三曹'라 불리며 건안 문학을 이끈 당대 최고의 천재 시인들이었다.

그중에서도 조식은
시적 재능이 뛰어나
아버지 조조의 각별한 사랑을 받았다.

하지만 맏형 조비는
아버지의 편애와 동생의 재능에 늘 불안함을 느꼈다.

그 불안은 조조의 사후,
권력을 손에 쥔 순간
질투와 두려움으로 변했다.

조비는
동생의 재능을 시험한다는 명목으로 명을 내렸다.

"일곱 걸음 안에 시를 지어라.
만일 완성하지 못하면 목숨을 보장할 수 없을 것이다."

죽음을 앞둔 조식의 발걸음은 무겁고,
숨은 거칠었지만 정신은 맑았다.

한 걸음, 두 걸음… 그리고 일곱 걸음을 걷는 동안

그는 시 한 편을 완성했다.

콩을 삶는데 콩깍지를 태우니,
콩은 솥 안에서 울고 있네.
본래 같은 뿌리에서 나왔는데,
서로 찌지고 볶기를 어찌 그리 급한가.

[煮豆燃豆其(자두연두기) 豆在釜中泣(두재부중읍)

本是同根生(본시동근생) 相煎何太急(상전하태급)]

그 짧은 일곱 걸음의 시 속에
조식은 자신의 운명과 형제의 비극을 담았다.

콩은 자신을, 콩깍지는 형 조비를 뜻했다.
같은 뿌리(조조)에서 태어났으나

서로를 해치지 않고는 존재할 수 없는 숙명
―그것이 바로 형제이자 인간의 모순이었다.

이 시는 단순한 재치가 아니었다.
죽음의 문턱에서 피어난 예술,

억눌린 감정과 인간적 비극을
단 네 구절의 완벽한 운율 속에 담아낸 천재의 고백이었다.

이후 사람들은 조식을 가리켜
'일곱 걸음의 재주',

곧 칠보지재七步之才라 불렀다.

여기서 등장한 '콩豆'과 '콩깍지萁'의 비유는
후대에 '기두萁豆'라는 성어로 남았다.

형제가 서로 다투거나 해치는 관계를 가리킬 때
이 고사를 인용하며,
조식의 시를 떠올렸다.

당시의 지식인들은
"형제 사이를 콩대와 콩에 비유한 것"이라 하여,
정치적으로 불화한 형제

—이를테면 조선의 광해군과 영창대군의 관계—
를 표현할 때도 이 '기두'의 고사를 빗대어 썼다.

결국 〈칠보시〉는
단순한 형제 간의 갈등을 넘어,

권력과 인간,
재능과 질투가 교차하는 삶의 비극을 그린 시다.

콩과 콩깍지의 대립 속에는
피로 맺어진 관계가 서로를 파괴하는
숙명적 인간사의 아이러니가 녹아 있다.

죽음 앞에서도 흔들리지 않은 조식의 시는
오늘날까지도 문학의 영혼이 무엇인지를 일깨워 준다.

그의 일곱 걸음은
단지 생명을 지킨 걸음이 아니라,
운명을 초월한 예술의 발걸음이었다.

7

충이 虫二
— 시간과 바람의 상징

중국 고시古詩에는
"無邊風月(무변풍월)"이라는 말이 있다.

끝이 없는 바람과 달,
광활한 자연을 단 네 글자로 압축한 표현이다.

인간이 마주하는 자연의 거대함,
그리고 그 앞에서 느끼는 겸허함을
이처럼 간결하게 담은 말은 드물다.

당나라의 시인 이백이 태산에 올라 신선 세계를 노래했듯,
옛 문인들은 태산의 그 거침없는 경계를 일컬어
'무변풍월'이라 찬탄하곤 했다.

바람이 휘몰아치고 구름이 흘러가는 사이,
그는 인간의 시심詩心을 우주의 호흡 속에 녹였다.

태산은 단순한 산이 아니라
인간과 세상을 바라보는 눈을 열어주는 거대한 스승이었다.

공자 또한 이 산을 올랐다.

"동산에 올라 노魯나라가 작음을 알았고,
태산에 올라 천하가 작음을 알았다."

그는 자연의 높이를 통해
인간의 한계를 깨달았다.

정상에 서면
세상 모든 다툼은 미물의 전쟁처럼 보인다.

달팽이 뿔 위의 싸움,
즉 와각지쟁蝸角之爭이라 불린다.

그렇게 자연의 장대함 속에서
인간의 탐욕과 분쟁은 얼마나 사소한가를 깨닫는다.

소식蘇軾 또한 일찍이 적벽의 강물 위에서 이 이치를 깨달았다.
그는《전적벽부前赤壁賦》에서

"강 위의 맑은 바람과 산간의 밝은 달은,
귀로 들으면 소리가 되고
눈으로 보면 색채가 된다"라고 노래했다.

그는 인간의 유한함을 슬퍼하기보다,
자연이 거저 주는 이 '무진장한 보물'을
마음껏 누리는 것이야말로 진정한 자유임을 역설했다.

공자는 또 말했다.
"어진 이는 산을 좋아하고,
지혜로운 이는 물을 좋아한다."

[仁者樂山(인자요산) 知者樂水(지자요수)]

덕 있는 자는
산의 고요함 속에 거처하고,
슬기로운 자는 물의 흐름 속에 이치를 본다.

태산의 정상에는
지금도 두 글자가 새겨져 있다.
바로 "虫二(충이)"이다.

언뜻 보면 벌레 두 마리처럼 보이지만,
사실은 "無邊風月(무변풍월)"을 함축한 글이다.

정상 바위에는
네 글자를 쓸 공간이 없자,

사람들은 핵심 부호만 남겼다.

風(바람)의 '几'를 빼면 虫(충),
月(달)의 '几'를 빼면 二(이).

즉, '바깥[邊(가 변)]'이 제거되었으니,
"虫二"만으로도
'끝없는 바람과 달빛'을 표현한 셈이다.

작은 글자 속에
거대한 우주가 깃들어 있다.

큰 것을 보려면
작은 것의 본질을 꿰뚫어야 하듯,

虫二는
문자예술의 압축미이자,
자연철학의 상징이다.

이 사상을 계승하듯,
조선의 시인 민정중閔鼎重은
《노봉집老峯集》「흥에 겨워漫興」에서 이렇게 읊었다.

"가없는 바람과 달은 어찌 돈 주고 사랴.
[無邊風月何須買(무변풍월하수매)]"

이는 "가져도 금할 이 없고 써도 다함이 없으니,
이는 조물주가 주신 무진장한 보물이다"라고 했던
소동파의 혜안과 맞닿아 있다.

주인이 따로 없는 바람과 달을 내 마음속으로 가져오는 순간,
시인은 세상에서 가장 부유한 자가 된다.

그에게 바람과 달은
인간의 욕심을 넘어선 자유의 상징이었다.

시와 술로 번뇌를 잊고,
자연과 더불어 사는 삶—그것이 곧 도道였다.

이러한 무욕無慾의 경지는
"사랑도 미움도 벗어놓고,

부귀도 권세도 벗어놓고,
물같이 바람같이 살다가 가라"라는

가수 김용임의 노래
〈훨훨훨〉의 가사 끝자락과도 깊이 맞닿아 있다.

또한 그의 행장을 기린
김화金瑋의 〈봉안문奉安文〉에서도,
그가 세속의 관직을 떠나

귀거래歸去來의 길에 오를 때
"바람과 달빛이 한량없네無邊風月"라 노래했다.

세속의 부귀보다 더 큰 즐거움이
자연의 품에 있었음을 뜻한다.

虫二,
즉 무변풍월은

결국 자연과 인간,
시와 철학이 만나는 경계다.

그곳에서 시인은
바람과 달을 통해 무한한 우주의 질서를 읽고,
자신의 마음을 비워 천지와 호흡한다.

바람과 달,
그리고 단 두 글자 속 끝없는 풍광은
오늘의 우리에게도 이렇게 묻는다,

"너의 세상은 얼마나 넓고,
너의 마음은 얼마나 자유로운가."

"虫二"는
단순한 문자 풀이를 넘어,
동양적 자연관의 응축된 상징이다.

이백의 시혼과
공자의 성찰,
소동파의 달관,

그리고 민정중의 무심한 풍류가
'無邊風月'이라는 한 경계 안에서 서로 호응한다.

작은 글자 속에서 큰 세상을 본다는 것
—그것이 바로 고전이 오늘날에도 살아 있는 이유다.

8

이름에 담긴 왕의 운명

— 장수왕과 광개토대왕

고대의 왕명王名은
단순한 호칭이 아니라 그들의 삶과 업적,
그리고 시대의 염원을 담은 상징이었다.

'광개토대왕廣開土大王'은
'땅을 넓힌 위대한 왕'이라는 뜻이다.

실제로 광개토대왕은
고구려의 영토를 크게 확장하며
그 이름 그대로의 삶을 살았다.

그의 아들 '장수왕長壽王'
또한 이름처럼 놀라운 장수를 누린 왕이었다.

그는 무려 아흔일곱 해를 살았는데,
당시 평균 수명이 쉰 살에도 못 미치던 시대를 생각하면
실로 경이로운 생애였다.

장수왕은 아들에게
'나라에 도움이 되라'는 뜻을 담아
'조다助多'라는 이름을 지어주었다.

그러나 왕이 너무 오래 사는 바람에
태자인 조다는 왕위를 이어받을 기회를 얻지 못한 채
먼저 세상을 떠났다.

왕이 오래 산 것이 축복이자
동시에 아들에게는 비극이 된 셈이다.

후세에는 이 이야기가 전해 내려오면서,
제 몫을 다하지 못하거나 어리석은 이를 낮잡아 부를 때
'쪼다'라 하는 말이 생겼다고 전한다.

언어학적으로 보면 '조다'가
'쪼다'로 변한 것은

발음의 강화 현상으로,
한국어에서 흔히 나타나는
'ㅈ'과 'ㅉ'의 교체로 설명할 수 있다.

다만 이는 문헌적 근거보다는
민간 전승에 가까운 이야기로,

실제 어원학에서는 '쪼다'를
'쪼개다'나 '쪼르다'처럼 '작다, 부족하다'의
뜻에서 비롯된 말로 해석하기도 한다.

결국 '쪼다'라는 단어는
언어와 전승이 만나는 지점에서 생겨난 흥미로운 예라 할 수 있다.

광개토대왕의 이름이
영토 확장의 의지를,

장수왕의 이름이
긴 생명과 나라의 안정을,

그리고 조다의 이름이
안타까운 운명을 상징했듯이,

옛사람들은
이름 하나에도 삶의 방향과 시대의 뜻을 담았다.

그들의 이름은 단순한 표식이 아니라,
운명과 언어가 맞닿은 시대의 거울이었다.

9

싹과 아지

— 작은 시작의 이야기

芽(싹 아)는
艹(풀 초)와 소리를 나타내는 牙(어금니 아)로 이루어진 형성자로,

본래 뜻은 아직 자라지 못한 가지나 잎이
송곳니처럼 뾰족하게 솟아나는 작은 싹을 가리킨다.

싹은 아직 연약하지만,
그 속에는 생명의 힘과 가능성이 숨어 있다.

이와 관련된 글자로 象牙(상아)가 있는데,
이는 코끼리의 위턱 송곳니를 뜻하며,

오늘날 대학의 또 다른 이름이 된 象牙塔(상아탑)은

본래 세속을 떠나 조용히 예술과 학문을 사랑하는 삶을 의미했다.

즉, 외부의 소란에 흔들리지 않고
자기만의 세상 속에서 지적·정신적 성장을 묵묵히 지켜보는
구도자적 태도를 상징한다.

우리말 속 표현에서도
芽의 의미가 살아 숨 쉰다.

'싹아지가 없다'는 말은
아직 자라지 못한 어린 싹처럼 자질이 보이지 않는 사람을,

'싹수가 노랗다'는 말은
성장할 기미가 미약한 상태를 비유한다.

여기서 '아지'는
강아지, 망아지, 송아지처럼 어린 새끼를 뜻하며,
작은 존재가 가진 가능성과 약함을 동시에 담는다.

필자와 함께 한문 원전을 강독하던 여자 교수가
딸을 데려온 적이 있었다.

교수는 그 아이를 "아지"라고 불렀고,
필자가 성씨를 물으니 "박씨"라고 했다.

순간 머릿속에는

'그러면 이름이 박아지가 되는구나.
식견 있는 교수님이 어찌 이런 이름을?'이라는 생각이 스쳤다.

그러나 곧 깨달았다.
'아지'는 어린 아이의 애명일 뿐,
송아지·강아지·망아지에서 비롯된 아명兒名이라는 사실이었다.

그 작은 깨달음은,
한자와 우리말 속에 숨어 있는 의미가

얼마나 섬세하게 삶과 언어를 연결하는지를 보여주는
즐거운 경험으로 오래도록 남았다.

II

사람과 마음의 철학

— 자아와 인간관계

이 장은
인간의 내면과 관계의 본질을 탐구한다.

'나'라는 존재는
홀로 완성되지 않으며,
타인과의 관계 속에서 비로소 빛을 발한다.

글자와 이야기 속에 담긴 마음의 움직임을 따라가다 보면,
인간이 어떻게 자아를 깨닫고,

사랑과 신의,
충성과 우정을 이루어 가는지를 새롭게 이해하게 된다.

'자自'는
코에서 비롯된 글자이지만,
스스로를 인식하고 존재를 자각하는 철학의 출발점이 된다.

'두 어머니'의 이야기는
자식을 향한 헌신과 걱정의 마음을 통해
어머니 사랑의 본능적 깊이와 운명의 무게를 보여준다.

'충忠'과 '환患'은 변함없는 마음과
그 마음이 겪는 고통의 양면을 함께 드러내며,
인간의 내적 갈등을 성찰하게 한다.

'인명재천人命在天'은

삶과 죽음의 주재가 인간을 넘어 하늘에 있음을 일깨우며,
산 자와 죽은 자 중 누가 더 슬픈가를 묻는다.

이어지는 '애愛'와 '지독지정舐犢之情'은
부모의 헌신적인 사랑을,

'여보적자如保赤子'는
어린아이를 품듯 타인을 돌보는 깊은 마음을 그린다.

'인·의·효(仁·義·孝)'는
사람다움을 이루는 세 기둥으로서
인간관계의 윤리적 토대를 세우며,

'일편단심一片丹心'은
한 조각 붉은 마음으로 상징되는 변치 않는 충정과 믿음을 전한다.

마지막으로 '지음知音'은
마음을 알아주는 참된 벗의 의미를 통해
인간관계의 궁극적 완성을 보여준다.

이처럼 이 장은
인간이 자기 자신을 이해하고,
타인과 관계 맺는 과정을 통해 마음의 철학을 세워가는 여정을 그린다.

사랑과 충성, 우정과 자각이 교차하는 그 길 위에서
사람은 비로소 '사람다움'의 본뜻을 깨닫게 된다.

1

자自

— 코에서 시작된 자기의 철학

옛날, 글자가 생기기 전
사람들은 자기 몸의 일부를 빌려 뜻을 표현했다.

그중에서도 '코'는 유난히 중요한 부위였다.
냄새를 맡고, 숨을 쉬며,
자기 자신을 가리키는 상징이기도 했다.

그래서 만들어진 글자가 바로 自(스스로 자)이다.
갑골문의 자형(爲)을 보면

지금처럼 꼬불꼬불하지 않고,
실제 코 모양 그대로였다.

본래 뜻은 '코'였지만,
시간이 흐르면서
'스스로', '저절로', '자기'라는 의미로도 쓰이게 된 것이다.

그러다 곤란한 일이 생겼다.
"그럼 코는 뭐라고 써야 하지?"

그래서 만들어진 글자가 鼻(코 비)이다.
코自에 '줄 비畀'를 더해
'본래의 코'라는 뜻을 살린 것이다.

한마디로 "코의 원조는 자自,
정통 코는 비鼻"인 셈이다.

재미있게도 나라별로
'나'를 가리키는 방식이 다르다.

우리나라 사람은 가슴을 가리키지만,
중국과 일본 사람은 손가락으로 코를 톡 찌른다.

그들에게 '자기 자신'은
바로 코 자自에서 시작된 존재이다.

일본말 自分自身(じぶんじしん, 자분자신)은
'자기 자신'을 두 번 강조한 표현으로,
코 맹세 같은 말이다.

코 자自는 다른 글자 속에서도 활약한다.
臭(냄새 취)는
코自와 개犬가 합쳐져,
개가 코로 냄새를 맡는 모습을 담은 글자다.

사람보다 600배 뛰어난 개의 후각 덕분에,
臭는 '확실히 맡을 수 있는 냄새'를 뜻하게 되었다.

息(쉴 식)은
코自와 마음心이 합쳐져,
코로 숨을 쉬며 마음이 고요해지는 모습을 나타낸다.
즉, '쉬다'는 뜻이다.

여기서 더 나아가 憩(쉴 게)는
혀舌, 코自, 마음心이 모두 들어가,
사람이 쉴 때 입과 코와 마음이 함께 움직인다는 것을 보여준다.

커피 한 모금은 혀로,
향긋한 냄새는 코로,
한숨 돌리는 마음까지
—그래서 休憩所(휴게소)라는 말이 생긴 것이다.

특히 鼻祖(비조)는 흥미롭다.
'코 鼻(비)'와 '조상 祖(조)'가 합쳐진 말로,
오늘날 "어떤 학문이나 기술, 사상의 시조"를 뜻한다.

비鼻자는
코 모양의 자自와 음을 나타내는 비畀로 이루어져,

숨을 쉬는 기관이면서 '스스로'라는 의미와 이어져
생명과 존재의 근원적 자각을 상징한다.

조祖자는
제단을 뜻하는 시示와 음부 차且로 이루어져,

본래 '조상의 신위를 모신 사당'을 뜻하며 확장되어
'근원'의 의미로 쓰이게 되었다.

재미있게도 태아 발달 과정에서 가장 먼저 형성되는 기관이
'성기祖'와 '코鼻'라는 점에서,

고대인들이
생명의 시작을 상징적으로 이해했음을 알 수 있다.

결국 비조鼻祖는
단순히 '처음 시작한 사람'을 넘어,
생명과 창조의 원형을 담은 말이다.

우리 속담에도 코가 등장한다.
耳懸鈴 鼻懸鈴(이현령 비현령),

'귀에 걸면 귀걸이, 코에 걸면 코걸이'라는 말은

사실을 자기 입맛대로 해석하는 위험성을 경계한 표현이다.

또 馬行處 牛亦去(마행처 우역거),
"말이 가는 곳에 소도 간다"라는 속담은,

재주가 부족한 소라도 꾸준히 노력하면 말을 따라갈 수 있다는 의미와,
말을 함부로 따라가서는 안 된다는 의미 두 가지가 있다.

필자는 첫 번째에 더 공감한다.
'남도 하는데 나라고 못할 것 있느냐'는 태도,
자기 잠재력에 대한 확신에서 비롯된 적극적 도전정신이다.

《맹자》에는
"순舜은 어떤 임금이며,
우禹는 어떠한 임금인가?"
라는 구절이 나오는데,

단순 비교가 아니라
"나 또한 순이나 우 같은 성인이 될 수 있다"라는
자각을 상소한 것이다.

이것이 바로 浩然之氣(호연지기),
하늘과 땅 사이에 가득한 도덕적 기운이다.

'馬行處 牛亦去'는 단순 흉내가 아니라,
배우고, 닮고, 뛰어넘는 의지로 해석해야 한다.

‘코에 걸면 코걸이’식 자기합리화를 버리고,
호연지기를 품은 ‘소의 걸음’으로 걸어간다면,
누구나 자기 길에서 ‘순임금의 자리’를 만날 수 있다.

2

두 어머니

— 자식의 운명을 걱정하고 지키는 마음

중국 송나라 사마광司馬光이
저술한 《자치통감資治通鑑》에는

조괄趙括과 왕손가王孫賈의
어머니 이야기가 기록되어 있다.

이 두 이야기는
자식의 운명을 걱정하는 어머니의 마음과
그 마음이 자식의 길에 얼마나 큰 영향을 미치는지를 잘 보여준다.

조괄은
어릴 적부터 아버지 조사趙奢에게 병법을 익혀 이름이 알려진 인물이었
으나,

아버지는 그를 칭찬하지 않았다.

그 이유를 묻는 어머니에게 남편은
"전쟁은 죽음이 있는 곳인데,

조괄은 늘 쉽게만 여기니
장차 조나라 군사를 망하게 할 것"이라고 말했다.

아버지가 세상을 떠난 뒤
장수로 발탁되어 출전하게 된 조괄을 걱정한 어머니는
왕에게 글을 올려 그의 부당함을 알렸다.

간곡히 "만약 내 아들이 전쟁에 지더라도,
연좌하여 저에게 죄를 묻지 말아 주십시오"라고 청했지만,

왕은 이미 결정을 내린 상태였고
결과는 참담하여 조괄과 그의 군사는 모두 전멸하였고,
어머니는 죄를 면했다.

반면 왕손가는
요치淖齒의 난 때
민왕湣王을 호종하다 길을 잃고 집으로 돌아왔는데,

어머니는 그를 질책하며
"아침에 나가 저물녘에 돌아온다면 나는 문에 기대어 너를 기다렸고,[倚
門而望(의문이망)]

저녁에 나가 돌아오지 않으면 동네 입구로 나아가 너를 기다렸다.

[倚閭而望(의려이망)]

그런데 이제 왕을 모시다 길을 잃고 돌아오다니,
어찌 된 일이냐?"

어머니는 자식을 기르는 도리를 다했으나,
자식은 임금을 섬기는 신하의 도리를 다하지 못했다는 준엄한 질책이
었다.

왕손가는 어머니의 질책에 부끄러움을 느끼고
젊은이들을 모아 요치를 공격하여
난을 진압하고 제나라 왕을 모시는 데 성공하였다.

이 두 사례를 비교하면,
자식에게 바른길을 알려주는 어머니의 역할이
얼마나 중요한지를 알 수 있다.

조괄의 어머니는
자식의 안전을 걱정했지만
자신만은 목숨을 유지하려는 생각을 가졌고,

왕손가의 어머니는
질책과 격려로
자식의 용기를 북돋아 결국 성공을 이끌어냈다.

이러한 역사 속 어머니들의 마음은
오늘날에도 큰 교훈을 준다.

이순신 장군이
아침 식사 후 어머님께 하직 인사를 올리자,
어머님은

"잘 가거라. 나라의 치욕을 반드시 씻어라"
하시며 두세 번 타이르셨다.

이별의 슬픔을 조금도 내비치지 않으신 그 마음에는
오직 나라를 향한 의지와
아들의 사명을 믿는 굳은 신념이 담겨 있었다.

안중근 의사가 사형을 선고받았을 때,
그의 어머니 또한 수의를 손수 지어 보내며

"죽음을 두려워 말고 떳떳하게 가라"고
격려했다.

그 마음 역시
나라를 위해 몸을 바친 아들을 향한 가장 깊은 사랑이자,
의로운 죽음을 받아들이는 어머니의 결연한 용기였다.

이에 우리는
"아! 그 어머니에 그 자식이란 말이

참으로 의미 있도다"라고 되새기게 된다.

부모의 마음과 자식의 성취가
얼마나 깊이 연결되어 있는지를 보여주는 역사적 사례라 할 수 있다.

3

충忠과 환患
— 마음의 한결과 병리

忠(충성 충)은
心(마음)이 中(가운데)에 있다는 형상으로,

마음이 중심에 있어
한결같고 흔들리지 않는 모습을 담고 있다.

그래서 忠直(충직)이나 忠孝(충효)처럼
변함없는 마음을 강조하는 단어에 쓰인다.
영웅의 이름이 격문檄文에 등장하는 이유도 같다.

영웅은
바뀌지 않는 忠(충)을 지녔기에 사람들의 신뢰를 얻는 것이다.

반대로 患(병 환)은
마음心 위에 근심의 꿰미串가 무겁게 자리 잡고 있는 모양으로,
《설문》에서는

"마음이 하나면 忠이고,
마음이 둘이면 患"이라 하여
마음이 한결같지 않으면 근심과 병이 생긴다고 풀이한다.

즉 患(환)은 마음의 병이며,
옛 선현들이 마음을 다스리려 애썼던 이유가 여기에 있다.

실생활에서도
마음의 강인함과 병리가 드러난다.

필자가 서울에서 고속버스를 탄 적이 있다.
뒷자리에서 두 할머니가 대화를 나누고 계셨다.

한쪽 할머니는
"25세에 과부가 되어 자녀 셋을 키웠다"라고 자랑하자,

다른 할머니는 미소를 지으며
"나는 26세에 과부가 되어

자녀 다섯을 대학 졸업시키고 결혼까지 시켰다.
아직도 내 뜻을 거역하면 뺨을 때려도 반항하지 않는다"라고 응수했다.

이어 자신이 겪은 고생담을 늘어놓으며
생계를 위해
"뱀을 잡으러 다녔다"라는 말까지 덧붙였다.

첫 할머니가
"감기에 걸리면 어쩌셨소?"라고 묻자,
대답은 단호했다.

"감기라 해도 눕지 않았다.
내가 누우면 우리 집 한 아이는 굶어 죽을 테니까."

이 대화에서 두 할머니의 태도는
忠(충)의 극단적 표현과도 같다.

어떤 환경적 이유나 핑계로
뜻을 이루지 못했다는 변명을 절대 용납하지 않고,
마음을 한결같이 지키려는 극단적 의지를 보여준다.

빈면 마음이 흔들리고 갈등하면,
그것이 곧 患(환)이 되어
내면의 병으로 나타난다.

결국 忠(충)은 마음의 중심을 지키는 '안정定'이며,
患(환)은 마음이 둘로 갈라져 생기는 '근심의 병'이다.

옛사람들이 마음을 닦고 지키려 한 것은

단순한 도덕적 권고가 아니라,

삶의 안정과 공동체의 신뢰를 지키기 위한 실천이었음을,
이 두 글자는 오늘날에도 조용히 일깨워 준다.

4

인명재천 人命在天

— 산 자와 죽은 자, 누가 더 슬픈가

'사람의 목숨은 하늘에 달려 있다.'
이 말이 곧 인명재천人命在天이다.

인간은 스스로 생사를 결정할 수 없기에,
누군가 갑자기 세상을 떠나면

남은 자는 그저 "인명재천이라…" 하며
허무한 한숨을 내쉴 뿐이다.

그러나 이때 문득,
"과연 누가 더 슬픈가?
죽은 자인가, 산 자인가?"
이런 물음이 마음에 일어난다.

조선 후기의 문장가 연암 박지원燕巖 朴趾源은
〈유경집을 슬퍼하는 글〉에서

요절한 천재 유경집兪景集을 애도하며
이 물음에 대한 철저한 사유를 남겼다.

유경집은 기계杞溪 사람으로,
용모가 빼어나고 재주가 비범했으며,
성품이 온화하고 문장력이 뛰어났다.

그러나 스물두 살의 젊은 나이에
병으로 세상을 떠났다.

그의 조부모는
경집의 아비를 일찍 낳고서 자식이 없었으니,
경집의 출생은 손자가 아니라 자식이나 다름없었다.

경집의 부모 또한
감히 자기 자식으로 여기지 못하였고,
경집도 어릴 적부터 조부모를 어미로 여겼다.

그가 세상을 떠나자
부모는
노부모의 마음을 상할까 봐 곡하지 못하고 속으로 울었고,

조부모는

자식의 슬픔을 더할까 봐 또한 속으로 울었으며,

두 살 난 아들은
멍하니 아비 죽은 슬픔을 알지 못하다가
그 어미가 슬퍼하자 울음을 터트리니,

아내 이 씨는 슬픔에 목이 메어 죽지도, 통곡하지도 못하고
그저 속으로 울었다.

친척과 벗들은
뛰어난 재주를 가진 경집의 요절에 슬퍼하지 않음이 없었지만
아비를 곡하고 조문할 겨를이 없었으니,

늙으신 백발의 노부모가 어린 자식을 잃었기 때문이다.
이것이 경집의 죽음이 더 슬퍼하는 이유이다.

연암은 이 장면을 보며 묻는다.
"죽어서 죽음을 슬퍼할 줄 모르는 자와,

살아서 그 죽음을 생각하며 슬퍼하는 자 중
어느 쪽이 더 슬픈가?"

어떤 이는
"죽은 자가 더 슬프다"라고 했다.

죽은 자는 자신의 죽음을 알지도 못하고,

산 자의 슬픔을 느낄 수도 없기 때문이다.

또 어떤 이는
"산 자가 더 슬프다"라고 했다.

산 자는 날마다 죽은 이를 떠올리며
그 생각이 이어질수록 슬픔이 깊어
차라리 죽어서 그 슬픔을 잊고 싶어질 만큼 괴롭기 때문이다.

또 다른 이는
"죽은 자와 산 자의 슬픔은 비교할 수 없다"라고 했다.

효자는 슬픔에 목숨을 잃고[고담高潭],
자애로운 부모는 눈이 멀며[자하子夏],
절개 있는 아내는 따라 죽으니[열녀烈女],
서로의 슬픔은 나란히 둘 수 없다고 본 것이다.

그러나 연암의 결론은 단호했다.
"산 자가 더 슬프다."

그는 말한다.
사람이 세상에서 가장 원통하고 아픈 일은
믿던 이에게 갑자기 등을 돌려 속는 일이며,

죽음이란 곧 가장 사랑하고 믿던 이가
하루아침에 떠나버리는 것과 같다고 했다.

그렇기에 남겨진 자의 마음은
뼈마디가 잘리는 듯한 고통으로 찢어진다.

죽은 이는 더 이상 슬픔을 느끼지 못하지만,
산 자는 떠난 이를 생각하며
그 슬픔 속에서 평생 살아야 한다.

그래서 연암은 "산 자가 더 슬프다"라고 하며
글을 써서 산 자의 슬픔을 위로하고,

동시에 죽은 자가 슬퍼할 수 없는 안타까움을
대신 애도하고자 했다.

하지만 하늘은
왜 이토록 가혹하게 재주 있는 이들을 빨리 데려가는가.

옛사람들은
유경집이나 안회顔回, 그리고 왕발王勃 같은 천재들의 단명을 두고
이렇게 스스로를 위로하곤 했다.

"옥황상제께서 하늘에 새로이 웅장한 궁궐을 지으셨는데,
그곳에 걸맞은 빼어난 상량문上樑文을 지을 문장가가 없어
급히 서둘러 데려가신 게로구나."

이 말은
남겨진 이들이 비통함을 견디기 위해 지어낸

가장 슬프고도 아름다운 변명이다.

비록 이 땅에서는 그 재주를 다 펴지 못했으나,
하늘의 기둥을 세우는 글을 쓰러 갔다는 믿음으로
뼈마디가 잘리는 고통을 달랬던 것이다.

이 글은
단순한 제문祭文이 아니다.

일반적으로 조상의 혈통이나 업적을 나열하는 형식을 벗어나
인간의 감정과 관계의 깊은 비극을 탐구한
사유의 산문이다.

연암의 애사哀詞는
"통곡보다 사유로,
의례보다 진심으로"
죽음을 마주한다.

그는 생과 사의 경계에서
가장 아픈 존재가 죽은 사사 아니라,

그를 잃고 살아남은 우리 자신의
슬픔임을 명확히 보여주었다.

5

애愛와 지독지정舐犢之情
― 헌신적 사랑

사랑愛은
인간이 살아가는 가장 근본적인 힘이다.

그것은 단순한 감정을 넘어 생명을 이어주고,
인간을 인간답게 만드는 원천이다.

따뜻하고 부드럽지만,
때로는 아프고 단호하며,
회한 속에서 비로소 그 깊이를 드러내는 힘
―그것이 바로 사랑이다.

愛는
본래 旡자에서 유래한 형성자形聲字로,

음을 나타내는 旡(목멜 기)와
심장을 뜻하는 心(마음 심)이 결합된 글자이다.

두 손으로 마음을 받쳐 들고
입을 열어 애정을 표현하는 모습이
사랑의 본뜻을 상징한다.

《정운正韻》에서는 愛가
親(친할 친), 恩(은혜 은), 惠(은혜 혜), 憐(어여삐 여길 련),
寵(사랑할 총), 慕(그리워할 모), 隱(숨길/가엾어할 은, 惻隱) 등의
뜻을 가진다고 하였다.

"上敬下愛(상경하애)"
라는 말처럼

윗사람을 敬(공경)하고
아랫사람을 愛(사랑)하라는 뜻으로 쓰였으나,

오늘날에는
위아래의 구분을 넘어 모든 사람에게 향하는
보편적 사랑의 말로 확장되었다.

공자는
제자 번지樊遲가 仁(인)에 대해 묻자
"愛人(남을 사랑하라)"라고 답했고,

예수는
"믿음, 소망, 사랑 중 제일은 사랑"이라 하였으며,

석가모니는
"慈悲(자비)"라는 이름으로 사랑의 연민을 강조했다.

철학자 소크라테스는
"너 자신을 알라"며 사랑의 본질을 스스로 깨우치라는 화두를 던졌으나,

가수 나훈아는
노래 〈테스형〉 1절에서 "아~ 테스 형,
세상이 왜 이래,
왜 이렇게 힘들고 어려워"라며
그 말의 의미를 몰라 방황하는 인생의 고단함을 토로했다.

그러나 2절에 이르러,
그는 뒤늦게 찾아간 아버지의 산소 앞에서 비로소 깨닫는다.

공부 잘해 좋은 대학 가기를 바라셨던 아버지의 기대를 저버리고,
노래에 미쳐 떠돌며 부친의 사랑을 외면했던 철없던 지난날.

사랑받을 줄도,
사랑을 드릴 줄도 몰랐던 자신에 대한 통한이 밀려온다.

그는 산소 앞에서 너 자신을 알라는 말이
결국 사랑을 알고 실천하라는 뜻이었음을 깨달으며,

목 놓아 "아~ 테스 형!"을 일곱 번이나 반복해 외친다.

그 절규는 사랑을 미처 다하지 못한 자가 하늘에 올리는 뜨거운 참회였다.

이렇듯 사랑은 역사적, 철학적, 개인적 경험 속에서
다양한 얼굴을 가진다.

그중 가장 순수하고 깊은 형태가
바로 舐犢之情(지독지정)이다.

'송아지를 핥는 마음'이라는 뜻으로,
어미 소가 갓 태어난 송아지의 몸을 혀로 핥아
물기를 제거하고 일어설 힘을 주는 장면에서 비롯된 말이다.

舐(핥을 지)는
舌(혀 설)과 氏(성씨 씨)로 이루어진 형성자이며,
犢(송아지 독)은 牛(소 우)와 賣(팔 매)로 이루어진 글자다.

어미 소는
혀가 닳고 상처가 나도 멈추지 않는다.

자식이 숨을 쉬고,
스스로 서기 전까지는 끝내 포기하지 않는다.

이것이 바로 '지독지정'
—짐승조차 지닌 생명 본능의 사랑이며,

인간의 모성애와 부성애의 근원이기도 하다.

조선 단종 원년(1453) 1월,
나이 여든하나의 노인 민대생閔大生은

죄를 짓고 벼슬길에서 폐출된 아들 민효열을 대신해
"지독지정으로 차마 입을 다물고 있을 수 없다"라며
용서를 구하는 상언上言을 올렸다.

그의 간절한 글에는
한 인간이 아들을 위해
생의 마지막 순간까지 보인 절절한 사랑이 담겨 있었다.

사랑은 이처럼 말보다 깊고,
논리보다 앞선다.

때로는 자신을 상하게 하며,
때로는 용서와 희생으로 완성된다.

愛는
결국 인간이 하늘로부터 받은 가장 인간다운 본능이자,
세상 모든 관계를 이어주는 유일한 언어이다.

6

여보적자如保赤子

— 마음으로 아이를 지키다

保(지킬 보)는
갑골문(伊)과 금문(㑥)에서
어른이 포대기에 싸인 아기를
두 손으로 감싸 안고 있는 형상으로 나타난다.

본래 뜻은
'아이를 업다', '품다'이며,

이로부터
'보호하다', '돕다', '보증하다'의 의미로 확장되었다.

이러한 포대기의 자취는
본래의 글자에 衣(衤, 옷 의)가 추가되어,

아기를 감싸는 천을 구체화한 褓(포대기 보)에서 다시금 확인할 수 있다.

《대학大學》에는
"赤子(적자)를 보호하듯 한다"라는 구절,
즉 如保赤子(여보적자)라는 표현이 등장한다.

주자朱子는 이를 해석하며,
사람을 가르치거나 이끌 때의 마음은

억지로 강요하는 것이 아니라,
그 본성의 단서를 살펴 자연스럽게 이끌어야 한다고 설명했다.

赤子(적자)는
옷도 입지 않은 갓난아이를 뜻한다.

아이를 품은 어머니의 마음에는
기쁨보다 먼저 두려움이 찾아온다.

그러나 그 두려움 속에서도
어머니는 아이의 숨소리에 귀를 기울이고,
손끝으로 체온을 확인하며,
울음에 반응해 온 마음을 쏟는다.

그것이 바로 如保赤子의 본질이다
—배우지 않아도 아는 본능적 사랑,
돌봄의 지혜이다.

이 마음은
단순히 자식 사랑을 넘어 교육의 원리로도 이어진다.

선생이 제자를 대할 때,
학생의 실수를 탓하기보다 먼저

"내가 이 아이를
여보적자의 마음으로 품고 있는가"를
돌아보아야 한다.

아이의 성장은
강요나 꾸짖음이 아니라
믿음과 기다림 속에서 이루어진다.

이를 생활 속 예로 풀어보자.
어느 날 조카가 묻는다.

"호두과자 안에는 호두가 들어 있는데,
붕어빵에는 왜 붕어가 없어요?"

보통 어른들은
"쓸데없는 소리 하지 말고
공부나 해라"라고 답하지만,

여보적자의 마음으로 본다면
이렇게 말할 수 있다.

"그래, 참 좋은 질문이구나.
나도 어릴 적에 그런 생각을 했단다.

쑥떡 안에는 쑥이 들어 있지만,
개떡 안에는 개가 들어 있지 않았지.

호두는 식물이어서 도망갈 수 없지만,
붕어는 동물이니까 도망갔을지도 몰라.

또 개떡에 개가 들어 있으면
너무 비싸서 못 사 먹듯,

붕어빵에 진짜 붕어가 들어 있으면
팔 수 없겠지.

그러니까 너는 지금 참된 공부를 하는 거야.
학교에서는 정직을 가르치지만,

학교 밖 세상에서는
겉과 속이 다를 수 있다는 걸
붕어빵 장사가 알려주는지노 모르겠구나."

이 이야기가
다소 엉뚱하게 들릴지라도,

아이의 궁금증에 눈높이를 맞추는 태도

―그것이 바로 如保赤子의 실천이다.

아이 앞에 무릎을 꿇고 눈을 맞추는 일,
그것이 교육이자 사랑의 시작이다.

이와 관련해
《대학혹문大學或問》에서는
정자程子의 말을 인용하여 이렇게 풀이한다.

"적자는 스스로 뜻을 말하지 못하지만,
어미의 자애慈愛가 지성至誠에서 나오면

비록 그 뜻을 완전히 헤아리지는 못하더라도
크게 벗어나지 않는다.

자식을 기르는 데는 배우기를 기다릴 필요가 없으며,
백성을 다스리는 일 또한 이 자애의 마음에서 비롯되어야 한다."

즉 如保赤子는
단순한 모성의 감정이 아니라,
지도자의 덕목이자 인간 관계의 근본 윤리이다.

백성을 사랑하는 정치,
제자를 가르치는 교육,
부모가 자식을 대하는 마음
―모두 그 뿌리는 같다는 것이다.

결국 如保赤子란
억지로 가르치거나 통제하려는 마음이 아니라,
지극히 자연스러운 사랑의 본성에서 비롯된 것이다.

사랑은 가르침보다 먼저 존재하고,
보호는 권력이 아니라 마음의 온도에서 시작된다.

따라서 如保赤子는
아이 하나를 품는 일에서부터 세상을 품는 도리로 확장된다.

그 마음을 잃지 않는 한,
인간은 언제나 사람답게 산다.

7

인·의·효(仁·義·孝)

— 사람다움의 세 기둥

仁(인)은
사람 인亻과 둘 이二로 이루어졌다.

사람이 둘 있을 때 비로소 관계가 생기고,
그 관계 속에서 따뜻함과 연민이 싹튼다.

특히 仁을 파자하면 人(亻, 인)+ 二(이)가 되고,
이를 다시 합하면 天(천)이 된다.

이는 仁이 곧 하늘로부터 부여받은
인간의 본성을 그대로 이어가는 것임을 상징한다.

그래서 仁의 본뜻은

'사람과 더불어 친밀히 지내다'이며,
나아가 '사람을 사랑하다', '박애博愛'로 확장되었다.

또한 仁은 생명의 핵심인 씨앗 안의 씨눈과 같아서,
그 자체로 순수한 생명력을 의미한다.

우리가 살구씨를 '행인杏仁'이라 부르는 이유도
그 단단한 껍질 속에 생명의 정수인 '인仁'이 들어있기 때문이다.

공자는 도덕의 중심을 이 仁에 두었고,
"사람이 인하지 않으면 예로써 무엇을 하겠는가"라고 했다.

仁은 타인을 향한 따뜻한 마음이자,
하늘이 인간에게 부여한 본성의 빛이다.

그러나 마음속의 仁이 행동으로 이어질 때,
그것은 義(의)로 드러난다.

義는
'니我'와 '앙丰'이 결합된 글자로,
제사 때 바르게 희생을 바치는 행위를 뜻했다.

즉, '내가 옳다고 믿는 것을 위해 자신을 바치는 것',
그것이 義의 본뜻이다.

나아가 義를 美(아름다움)의 생략형과 我(나)의 결합으로 보기도 하는데,

이는 정의를 추구하는 것이
곧 자기 자신을 가장 아름답게 가꾸는 일임을 뜻한다.

자신의 신념과 의로움을 지키는 것이
겉모습의 화려함보다 고귀한 '진정한 아름다움'이기에,

선비들은 그 의義를 완성하기 위해서라면
하나뿐인 목숨조차 아끼지 않고 기꺼이 내던졌던 것이다.

그들에게 義는 단순한 도덕적 의무를 넘어,
인간으로서 도달할 수 있는 가장 찬란한 생의 마침표였다.

맹자는 이를
"이익利이 아니라
인의仁義가 나라를 바로 세운다"라고 하였다.

仁이 마음의 따뜻함이라면
義는 그 따뜻함을 세상의 질서로 구현하는 용기이다.

仁 없는 義는 차가운 성의가 되고,
義 없는 仁은 무력한 연민이 된다.

두 덕목이 균형을 이루어야
비로소 사람은 '대장부'가 된다.

그런데 인과 의의 바탕에는

언제나 孝(효)가 있다.

孝는
늙은이耂를 아들子이 업고 있는 형상으로,
'부모를 섬기다',
'대를 잇다'의 뜻을 품는다.

그러나 孝의 이면에는
늙은 부모가 반드시 자식을 얻어 가문의 대를 이어야 한다는
'대 이을 효'의 의미가 깊게 뿌리 박혀 있다.

전통 사회에서 대를 잇지 못하는 것은
부모의 존재 근거를 끊어버리는 '천하의 불효'로 여겨졌다.

그래서 비록 친자식이 없더라도
양자를 들여서까지 가문의 맥을 잇고자 했던 노력은,
곧 부모의 삶을 영원히 지속시키고자 했던 절박한 효심의 표현이기도
했다.

결국 효는
단순히 부모를 봉양하는 행위를 넘어,

선조로부터 이어져 온 생명의 줄기를 끊어지지 않게
다음 세대로 건네주는 인간 관계의 숭고한 출발점이다.

효는 단순히 부모를 봉양하는 행위가 아니라,

인간의 관계를 시작하는 최초의 사랑이다.

부모를 존중하는 마음이
자신보다 먼저 존재한 생명에 대한 경외로 이어지고,

그 마음이 확장되어 이웃을 사랑하면
仁이 되고,

옳고 그름을 분별하며 실천으로 나아가면
義가 된다.

즉, 孝는
仁義의 뿌리이며,
仁義는 孝의 열매이다.

공자는 말했다.
"집 안에서는 효도하고入則孝,
밖에서는 어른을 공경하라出則悌."

이 말은 곧
'사람다움'의 출발이 집 안의 사랑이며,
그 사랑이 세상으로 나아가 인과 의로 확장된다는 뜻이다.

仁은
사랑으로 세상을 품는 힘이고,

義는
옳음으로 세상을 바로 세우는 기개이며,

孝는
그 모든 덕이 시작되는 생명의 근본이다.

따라서 인·의·효는 따로 존재하는 세 덕목이 아니라,
한 인간이 완성되어 가는 세 단계의 길이다

—사람을 사랑하는 마음仁으로 시작하여,
옳음을 실천하는 의지義로 나아가,
근본을 잊지 않는 효성孝으로 귀결되는 것.

이 세 덕이 조화를 이룰 때,
비로소 인간은 하늘이 부여한 본성을 온전히 실현하게 된다.

8

일편단심一片丹心
── 한 조각의 붉은 마음, 변함없는 충정

차가운 바람이 스며드는
대구의 육신사六臣祠.

문을 열고 들어서면,
고요 속에 숨은 역사적 긴장이 온몸에 전해진다.

단종을 위해 목숨을 바친 여섯 명의 신하,
사육신死六臣의 혼이 아직도 이곳을 지키는 듯하다.

그들의 마음은 한결같이 一片丹心(일편단심),
'한 조각의 붉은 마음'으로 표현될 수 있다.

'한 조각'에 불과한 존재라도,

마음 전체가 붉게 물들어 충성과 신의를 다한다는 뜻.
바로 그 마음이 사육신들의 충절이었다.

그들은 단종의 복위를 계획하다 목숨을 잃었고,
집안은 멸문滅門의 화를 당했다.

남겨진 이 하나 없이 모두 사라진 집안 속에서도,
박팽년의 며느리는
친정의 도움으로 임신 상태에서 살아남아 몰래 손자를 키워냈다.

아이가 장성하고 나라가 안정되자,
비로소 조상의 제사를 지킬 수 있었다.

어느 날, 제사를 준비하던 중
잠시 눈을 붙였는데,

마당으로 사육신이 걸어오는 듯한
기이한 장면을 목격했다고 한다.

이 이야기를 유림에 알리고,
사당을 세워 '육신사'라 이름 지었다.

육신사와 멀지 않은 덕산서원德山書院에도
한 조각의 붉은 마음이 남아 있다.

조선 초기 문신 남은南隱 서섭徐涉은

수양대군이 단종을 몰아내자 관직을 버리고 은둔하며,
임금에게 올린 척간소斥姦疏 때문에 유배를 당했다.

그의 아들 서감원徐坎元 역시
임금의 잘못을 질타하다 추국을 받았지만,
그들의 마음은 꺾이지 않았다.

서섭은
사육신의 충정을 기리며

"육신六臣이 순절했다는 소식을 듣고 느낀 바를 읊다"
[聞六臣殉節感吟]을 지었다.

시 속에는
하늘과 해를 받들며 충의를 다해 순절한
사육신들의 마음이 오롯이 담겨 있다.

하늘을 받들고 해(임금)를 받들며 충성 속에 죽으리니,
만고에 길이 남을 우리 동방(우리나라) 최고의 충절이로다.
사나이 이 세상에 태어나 면목이 없다 한들,
그 누가 알리오, 내 마음 중심에 흐르는 이 뜨거운 혈충血忠을.

擎天奉日死於忠(경천봉일사어충) 萬古吾東第一忠(만고오동제일충)
男兒此世生無面(남아차세생무면) 誰識中心有血忠(수식중심유혈충)

운자를 모두 忠(충성)으로 통일하여

一片丹心의 정신을 생생하게 보여주었다.

육신사와 덕산서원을 거닐며,
우리는 한 조각의 존재가 마음 전체를 붉게 물들여
세상을 지킨 순간을 마주한다.

작은 몸, 한 사람의 한 조각이라도
그 마음은 끝까지 흔들리지 않았다.

역사 속 一片丹心은
단순한 충성심을 넘어,
변치 않는 신의와 인간적 숭고함의 상징이다.

그리고 오늘날 우리에게도,
흔들리지 않는 지향과 성찰,
삶의 깊이를 깨우치는 울림으로 전해진다.

9

지음 知音
— 마음을 알아주는 벗

지음知音은

마음을 알아주는 벗을 뜻한다.

그 기원은 중국 고전《열자列子》〈탕문편〉의

백아伯牙와 종자기鍾子期 이야기에서 찾을 수 있다.

백아는 거문고를 연주하며 마음과 뜻을 표현했고,

종자기는 그 소리를 듣고

연주자가 담고자 한 마음과 의도를 정확히 이해하였다.

백아가 산의 장엄함을 나타내면 종자기는

"우뚝 솟은 태산 같구나

(태산아아·泰山峨峨)!"라 감탄했고,

강물의 유유함을 표현하면
"도도히 흐르는 강물 같도다
(유수양양·流水洋洋)!"라 화답하였다.

두 사람의 교감은 단순한 음악 이해를 넘어,
마음과 마음이 통하는 벗의 이상적 우정을 보여준다.

그러나 종자기가 세상을 떠나자,
백아는 자신의 음악을 이해해줄 벗이 없음을 슬퍼하며
거문고 줄을 끊었다.

이 사건은 백아절현伯牙絶絃으로 전해지며,
마음을 알아주는 친구의 귀중함을 상징하게 되었다.

흥미롭게도 이 고사의 정신은
대구의 명소 '아양교峨洋橋'와
'금호강琴湖江'의 이름에도 깊이 스며있다.

종자기가 감탄한 '아아峨峨'와
'양양洋洋'에서 따온 '아양峨洋',
그리고 거문고琴를 닮은 '금호琴湖'라는 이름 위에는

선비들의 풍류와 구국의 역사가 함께 흘렀으니,
이 강은 그 자체로 거대한 역사의 거문고였던 셈이다.

최치원의 시 「추야우중秋夜雨中」은

바로 이러한 지음의 의미와 깊이 맞닿아 있다.

제목부터가 이미 비극적 예고를 품고 있다.
생동하는 희망의 계절 봄의 반대편에서,
죽음을 앞둔 듯 쓸쓸한 '가을秋'.

그 고독이 정점에 달하는 깊은 '밤夜'.
여기에 멈추지 않고 내리는 '비雨'.

마지막으로 그 비가 쉬지 않고
현재진행형으로 쏟아지는 상태인 '중中'에 이르기까지.

글자가 하나씩 더해질 때마다
시인의 처지는 나락으로 떨어지듯 점층적으로 깊어지며,
시를 읽어보기도 전에 이미 숨 막히는 고독의 풍경이 예견된다.

"가을바람에 괴로운 마음으로 읊조리나니,
세상에 나를 알아주는 이 없구나!
창밖에는 밤이 깊도록 비가 내리는데,
등불 앞 외로운 마음 고향 생각 끝이 없네.

秋風惟苦吟(추풍유고음) 世路少知音(세로소지음)
窓外三更雨(창외삼 경우) 燈前萬里心(등전만리심)"

가을밤 바람 속에서 괴로이 읊조리는 시인의 모습은,
마음을 알아줄 벗이 없어 느끼는 외로움을 담고 있다.

세상에 자신을 이해해줄 지음이 드물다는 탄식은,
백아와 종자기의 이야기를 떠올리게 한다.

깊은 밤 창밖에 내리는 비와 등불 아래 시인의 마음 풍경은,
몸은 현재에 있지만 마음은 먼 곳

―이해해줄 벗이나 고향―
을 향하고 있음을 보여준다.

시인은
이 풍경 속에서 지음이 단순한 친구의 존재를 넘어,
마음의 공명을 의미함을 섬세하게 표현한다.

「추야우중」은
지음의 이상과 현실 사이의 간극을 그린 작품이다.

외로운 가을밤,
빗소리와 등불 속에서 시인은

마음을 읽어줄 벗의 부재를 느끼지만,
그리움을 통해 마음이 통하는 벗의 소중함을 깨닫는다.

백아와 종자기의 이야기를 떠올리며,
진정한 우정과 마음의 공명이 얼마나 귀중한지를

시간과 공간을 넘어 울려 퍼지는

감정의 선율로 형상화하였다.

결국, 이 시는
마음을 알아주는 친구,
즉 지음의 의미를 깊이 체현한 작품이라 할 수 있다.

III

배움과 수양의 길

— 지식과 지혜

이 장은
인간이 배움을 통해 어떻게 자신을 닦고,
세상과 조화를 이루는지를 다룬다.

진정한 배움은 단순한 지식의 축적이 아니라,
뜻을 세우고 마음을 다스려 지혜로 나아가는 과정이다.

배우는 일은 곧 자신을 완성하는 일이며,
수양은 그 완성의 길을 굳건히 다지는 힘이다.

'입지立志'는
모든 배움의 출발점이다.
뜻을 세운 사람만이 방향을 잃지 않고 삶을 스스로 이끌어 간다.

'사우師友의 중요성'은
스승과 벗이 함께하는 배움의 길을 통해
올바른 관계 속에서 지혜가 깊어진다는 사실을 일깨운다.

'촌지寸志'와 '행신行贐'은
작지만 진심이 담긴 마음과 예의를 상징하며,
학문 또한 도리와 품격 위에서 이루어져야 함을 보여준다.

'일신日新의 길'은
날마다 자신을 새롭게 하는 수양의 자세를,

'학이시습지學而時習之'는

배우고 익히는 즐거움을 노래한다.

'독서讀書와 수양'은
지식으로 삶을 채우되,
그 지식을 바르게 쓰는 인격의 단련을 뜻하며,

'현두자고懸頭刺股'는
좌절 속에서도 배움을 멈추지 않았던
의지와 노력의 상징이다.

'절차탁마切磋琢磨'는
함께 배우며 서로를 다듬는 공동의 성장을 보여주고,

'문질빈빈文質彬彬'은
겉과 속의 조화를 추구하는 배움의 이상을 드러낸다.

마지막으로 '무위자연無爲自然'과 '무소유無所有'는
모든 집착을 내려놓고 자연의 이치에 따르는 삶의 경지를 가르친다.

이처럼 이 장은
배움이란
곧 자기 수양을 통한 인간 완성의 길임을 말한다.

지식은 행동으로,
행동은 품격으로 이어져야 하며,
그 끝에서 인간은 비로소 자유롭고 조화로운 존재로 거듭난다.

1

입지立志
— 뜻을 세우는 힘

천하의 일에는 본디 쉬운 것도,
어려운 것도 따로 없다.

다만 하려는 마음이 있느냐,
없느냐가 그 경계를 가를 뿐이다.

중국 청나라 학자 팽단숙彭端淑은
《백학당시문집白鶴堂詩文集》에서
촉蜀 지방의 두 스님 이야기를 전한다.

한 스님은 가난했으나
"물병 하나, 바릿대 하나면 족하다"며
남해南海로의 긴 여정을 떠났고,

두 해 뒤 마침내 그 뜻을 이루었다.

반면 부유한 스님은
준비물과 조건을 헤아리며 끝내 떠나지 못했다.

수천 리 길이라도
뜻이 선 사람은 걸음을 내디디지만,

뜻이 없는 사람은
한 발짝도 나아가지 못한다.

입지立志란
바로 그 한 걸음을 내딛게 하는 내면의 불씨다.

이 이야기는 고금의 구별이 없다.
오늘날 가장 어려운 시험에 합격한 사람들의 경험담인
《다시 태어나도 이 길을》에서도

합격의 비결은 공부의 양보다
"왜 이 길을 가야 하는가"에 대한 확고한 답이었다고 한다.

수년의 고민 끝에
자신만의 확고한 목표를 세운 사람은 흔들리지 않고,

그 목표가 허영과 이익에 머문 이들은
작은 시련에도 중도에 포기하고 만다.

결국 입지의 진정한 출발점은
수기치인修己治人,

곧 자신을 닦고
세상을 이롭게 하려는 마음에서 비롯된다.

이러한 입지의 가치는
동서고금을 관통한다.

맹자는 백이伯夷를 일컬어
"그 기풍을 들으면 완악한 이는 청렴해지고,
나약한 이는 입지를 세운다"라고 했다.

그의 고결한 뜻은
단지 개인의 도덕심에 그치지 않고,

후세의 선비들로 하여금
충의忠義와 강개慷慨의 정신을 일으키게 했다.

조선의 정조正祖 또한
'입지'를 나라를 다스리는 첫 번째 의리로 삼았다.

그는 요堯·순舜·우禹 같은 성인들의 학문이
곧 다스림이었음을 상기시키며,

그 이후 시대에 사람들이

"도학道學"이나
"입지立志"를 말하게 된 것은
성인들의 본래 마음법心法을 잃었기 때문이라 탄식했다.

정조는
학문이 장구章句에 갇히고,
정사가 공리功利에 매인 현실을 개탄하며

"이익의 마당에서 벗어나려는
의지조차 잃어버린 세태"를 경계했다.

그가 강조한 입지는
단순한 개인의 목표가 아니라,
나라와 백성을 바로 세우는 정신적 뿌리였다.

이처럼 입지는
시대를 밝히는 등불이다.

가난한 스님이 한 걸음,
맹자의 백이 찬탄,
정조의 통치 철학이 모두 같은 맥락에서 이어진다.

이는 마치 정교한 설계도가 먼저 서야
비로소 견고한 건물을 지을 수 있는 것과 같다.

인생이라는 집을 짓기 전,

어떤 삶을 살 것인가에 대한 도면을 그리는 작업이 바로 입지立志인 것이다.

뜻이 선 사람은
빈손으로도 천 리를 가지만,

뜻이 없는 사람은
금전과 권세 속에서도 제자리를 맴돈다.

입지는
곧 인간이 스스로의 길을 세우는 첫 마음이다.

그 뜻이 선 순간,
어려운 길도 두렵지 않고,
세상은 그 마음을 따라 조용히 움직이기 시작한다.

2

사우師友의 중요성

— 친구와 스승

사람이 살아가며
벗을 얻는 일은 인생의 큰 복이다.

그 까닭은
벗 사이에 서로의 선함을 일깨워 주는 도道가 있기 때문이다.

이를 한자로
朋友責善之道(붕우책선지도)라 한다.

친구는 단순히 함께 웃고 즐기는 존재가 아니라,
서로의 허물을 지적하며 더 나은 길로 이끄는 거울이다.

'사귄다'는 뜻의 交(교)자를 보면,

본래 사람이 두 다리를 꼬고 교차하고 있는 형상에서 유래했다.

이는 서로 다른 삶이 만나
얽히고설키며 관계를 맺는 본질을 보여준다.

옛사람들은
부모의 가르침보다
타인의 충고가 더 깊이 새겨질 때가 있음을 알았다.

그래서 아무리 훌륭한 스승이라도
자기 자식은 남의 자식처럼 가르치라 하며

"자식을 바꾸어 가르친다
[易子而敎之(역자이교지)]"라고 하였다.

가까운 정이
오히려 진심의 충고를 막을 수 있음을 경계한 것이다.

공자의 제자 증자曾子는 말하였다.
"군자는 글로 벗을 만나고,
벗으로써 어짊을 돕는다.
[君子는 以文會友하고 以友輔仁이니라]"

학문이란 단지 지식을 쌓는 데 그치지 않고,
벗을 만나 인격을 닦고 덕을 기르는 과정이어야 한다는 뜻이다.

오늘날 대구의 반월당半月堂에 있는 문우관文友館은
이 가르침을 현대적으로 잇는 예라 할 수 있다.

한학을 공부하는 젊은이들이 모여 서로의 글을 나누고,
그 안에서 인품을 함께 연마하고 있기 때문이다.

이러한 배움과 사귐이 일어나는 장소가 바로 학교學校다.
校(교)자는 나무木와 사귈 교爻가 합쳐진 글자다.

본래는 나무를 엮어 만든 형벌 기구를 뜻하기도 했으나,
점차 나무로 지은 집에서 수많은 이가 교차하며 만나는 장소,
즉 '학교'를 의미하게 되었다.

즉, 학교란 단순히 지식을 전달받는 곳이 아니라,
나무처럼 곧게 자라기 위해 벗과 교交하고
서로의 어긋남을 교(校, 교정)해 주는 공간인 셈이다.

벗만큼이나 스승 또한 인생의 축이다.
"스승과 벗의 공보다 큰 공은 없다
[莫大於師友之功(막대어사우지공)]"라는 말처럼,

스승은 길을 밝혀 주고,
벗은 그 길에서 흔들리지 않도록 붙잡아 준다.

한 사람의 성장 뒤에는
늘 이러한 사우師友의 힘이 있다.

후한後漢의 공융孔融은
어린 시절 명사名士 이응李膺을 찾아가

"옛날 우리 선군先君 공자[공구孔丘]와
당신의 선인先人 노자[이이李耳]가
서로 사우師友가 되었으니,

우리 또한 누대의 인연으로
통가通家의 정을 이어야 하지 않겠습니까?"라고 하였다.

이 말에 감복한 이응은
문을 열고 공융을 맞이하였다.

이 일화는 스승과 벗의 관계가
단지 나이와 신분이 아니라
덕德과 의리義로 이어지는 것임을 보여준다.

송대의 대문호 소식(蘇軾, 동파) 또한
공자의 제자 자천子賤을 칭찬한 구절을 풀이하며

"사람의 선을 말할 때는
반드시 그 아버지, 형제, 스승과 벗에서
그 근원을 찾는 것은 두터움이 지극하기 때문이다
[稱人之善에 必本其父兄師友는 厚之至也라]"라고 하였다.

이처럼 한 사람의 덕은

홀로 세워지는 것이 아니라,
주변의 스승과 벗이 함께 빚어내는 것이다.

오늘의 세상에서도 마찬가지다.
존경할 만한 스승이 없다면 가까이서 찾아보고,

그래도 없다면 책 속에서,
혹은 온라인에서라도 배움의 길잡이를 찾아야 한다.

진정한 스승이 없는 사람은 쉽게 길을 잃고,
진정한 친구가 없는 사람은 자신을 바로 보지 못한다.

벗은 나를 비추는 거울이요,
스승은 그 거울을 닦아 주는 빛이다.

사우師友란
곧 인간이 인간으로 성장하기 위한 두 개의 날개이며,

그 날개가 고루 펼쳐질 때
비로소 한 사람의 인생이 높이 난다.

3

촌지寸志와 행신行贐
― 마음과 예의

한자 寸(촌)은
손가락 한 마디를 뜻한다.

작지만 분명한 단위,
그 안에는 삶의 질서와 예의의 기준이 담겨 있다.

옛날에는
아이의 신발을 맞추거나 제사에 쓸 지방紙榜의 길이를 잴 때
손가락 하나를 단위로 삼았다.

손가락의 굵기와 길이는 사람마다 달랐으나,
그 작은 차이가 가정의 위계와 품격을 드러냈다.

제사의 지방도
손가락 하나를 한 번,
손가락 둘을 두 번,
손가락 셋을 세 번 한 것을

합하여 길이를 정하였으니,
작은 손짓 하나에도 예법이 깃들어 있었던 셈이다.

이처럼 작은 단위가 큰 질서를 세우듯,
작은 정성 또한 큰 마음을 전한다.

그 대표적인 예가
寸志(촌지)이다.

촌지는
본래 '작은 뜻', 즉 성의 어린 마음을 뜻하지만,
오늘날에는 종종 금전적 의미로만 오해되기도 한다.

필자는 신혼 초,
전세 살던 집의 주인이 첫 아이 출산을 축하한다며
'寸志(촌지)'라고 적힌 봉투를 건네주었던 기억을 지금도 잊지 못한다.

큰돈은 아니었으나,
그 따뜻한 마음이
이웃 간의 정을 더욱 깊게 만들어 주었다.

그날 이후로 집세가 올라도 선뜻 받아들일 수 있었던 것은
돈보다 마음의 무게가 더 컸기 때문이다.

작은 마음이
큰 관계를 만든다는 말이 실감나는 순간이었다.

《맹자》에 나오는 行贐(행신)은
손님이 먼 길을 떠날 때 주는 작은 선물이나 여비를 뜻한다.

이는 단순한 증정이 아니라,
길 위에서의 안전과 안녕을 빌어주는 배려의 예다.

목마른 길손에게
막걸리 한 잔을 건네는 마음과 다르지 않다.

필자의 은사님은
평생 이 '행신의 예'를 몸소 실천한 분이었다.

특강을 마치고 돌아오던 길,
그 학교에서 액자와 함께

돈 봉투가 들어 있음을 알게 되었다.
이에 은사님은 즉시 편지를 써서 돌려보냈다.

며칠 뒤,
그 학교 학생 다섯이 꿀을 들고 찾아와 감사 인사를 전했다.

은사님은

"차라리 돈을 부치지 말 걸 그랬다"라며 웃으셨지만,

그 일은 후학들에게 참된 예의의 본보기가 되었다.

그분의 이름은 학교 강의실에 새겨지고,

교정에는 두 그루의 소나무가 자라기 시작했다.

행신은

본래 조선시대 외교문서에도 자주 등장한다.

세조 14년(1468), 성윤문成允文이

중국 사신에게

전하의 뜻을 전하며

'행신할 물건'을 건넸다는 기록이 있다.

사신들은

"천지天地가 감동할 일"이라며

재배再拜하고 사례하였다.

인종 1년(1545)에도

"행신은 예로부터의 도리"라 하여

왕이 신하를 떠나보내며 작은 선물을 내린 기록이 전한다.

이는 행신이 단순한 물질이 아니라

마음을 전하는 예의의 상징이었음을 보여준다.

이렇듯 작은 정성과 예의가 사람 사이의 도리를 세운다.
과도한 공손은 오히려 예가 아니며[過恭非禮(과공비례)],
거절이 미덕이라 여기는 태도 역시 관계의 온기를 식힌다.

"우리 아이는 돈을 모른다"라며
작은 선물조차 뿌리치는 것보다,

그 마음을 감사히 받고 다시 좋은 뜻으로 돌려주는 것이
촌지와 행신의 본래 정신이다.

요즘은
'촌지' 때문에 스승의 날 행사조차 사라져 가지만,

그 말의 뿌리에는
돈이 아닌 '정성과 예의의 균형'이 있었다.

촌지는
마음의 길이를 재는 손가락 한 마디요,

행신은
그 마음을 길 위로 보내는 따뜻한 손길이다.

작은 마음이 오가는 곳에서
비로소 인간의 품격이 자란다.

4

일신日新의 길
— 마음을 닦아 세상을 새롭게 하다

日新(일신)의 정신은
단순히 한 시대의 교훈에 머물지 않고,
나라와 문화의 성쇠를 가늠하는 잣대가 되어왔다.

중국 상고 시대 은殷나라의 탕湯 임금은
후대에 성왕聖王으로 추앙받는데,

그 이유 중 하나가 바로
日新 日新 又日新(일신일신우일신)의 정신을
실천했기 때문이다.

"하루 새로워졌거든,
나날이 새롭게 하고, 또 날로 새롭게 하라"라는 이 말은 그가 목욕대야에 새겨둔 글귀였다.

몸의 때를 씻으며
마음의 악함까지 함께 씻어내고자 한 그는,

자기 수양을 통해 자신을 다스리고,
그것을 바탕으로 나라를 다스린 참된 성왕이었다.

흥미롭게도,
오늘날에는 이를 풍자한
'一杯 一杯 又一杯(일배일배우일배)'라는
유머가 전해진다.

"한 잔 마셨거든 또 한 잔을,
또 한 잔을 더하라"라는 표현은

술을 즐기는 사람들의 재치에서 비롯된 말로,
탕 임금의 '마음 닦기'와는 다르지만,

한자 속 뜻을 비틀어 만든 유머와 풍자의 멋이 담겨 있다.
이러한 '날로 새로워짐'의 정신은
우리 역사 속에서도 이어졌다.

신라의 국호에는
"덕업이 날로 새로워져 사방을 망라한다
[德業日新(덕업일신) 網羅四方(망라사방)]"

라는 뜻이 담겨 있다.

천년의 고도古都 경주는
천혜의 지리와 풍수,
그리고 사람들의 지혜가 어우러진 도시였다.

남산은
천년을 산다는 영물인 자라를 닮아 금오산金鰲山이라 불렸고,

형산강은
우리나라의 주요 하천 중 유일하게
남쪽에서 북쪽으로 물길을 틀어 흐르는 독특한 강이다.

사방을 감싸 흐르는 동천·서천·남천·북천은
천연의 방패가 되어 나라를 지켰고,

북천의 범람은
왕위 계승에 영향을 줄 만큼 역사의 변곡점이 되기도 했다.

이러한 북천의 위용은 현대사에서도 증명되는데,
6·25 전쟁의 포화 속에서도 인민군이 끝내 이 강을 건너지 못해
진격이 저지되었던 천혜의 방어선이기도 했다.

예나 지금이나 북천은
중요한 고비마다 역사의 물줄기를 바꾸어 놓는 거대한 장벽이자 수호
신이었다.

그러나 신라의 천년 번영은
지리적 요건만으로 설명되지 않는다.

맹자가 말했듯,
"땅의 이치보다 중요한 것은 사람의 화목人和"이었다.
곧 나라의 흥망은 사람의 덕과 마음가짐에 달려 있었다.

후기로 갈수록 신라 사회에는
사치와 형식의 병폐가 깊어졌다.

금관과 불탑,
숯불마저 연기 없는 사치품이 되었고,
문학에서도 내용보다 형식이 앞섰다.

당나라의 영향을 받은 근체시近體詩와
四六 병려문騈儷文은

대구對句와 자수를 맞추는 데 급급하여,
겉모습은 화려하되 뜻은 얕았다.

최치원의 〈자서自叙〉에 나오는
"巫峽重峰之歲(무협중봉지세) 絲入中華(사입중화)
銀漢列宿之年(은한열수지년) 錦還東國(금환동국)"
같은 구절도 그 예다.

"열두 살에 중국으로 들어가 스물여덟에 귀국했다"라는

간단한 내용이지만,
복잡한 四六의 수사로 꾸민 것이다.

연암 박지원이
단 '6년'이라는 두 글자를
사륙문四六文의 격식에 맞추기 위해,

수없는 고민 끝에
'목성반년(木星半年, 12년인 목성 주기의 절반)'이라는
네 글자로 길어 올렸듯,

당시 사람들은 형식미를 위해
과도한 언어에 힘을 쏟았다.

결국 '덕업일신'의 정신이 사라지고,
'일신우일신'의 갱신更新 대신 외형적 미화에 매달린 결과,
신라의 기운도 서서히 쇠해갔다.

이처럼 日新의 정신은
단순한 새로움이 아니라,
내면의 갱신과 덕의 수양을 뜻한다.

탕 임금의 대야에 새겨진 글귀처럼,
진정한 새로움은 스스로를 닦는 데서 비롯되며,
그 마음의 새로움이 한 나라의 흥망을 결정짓는다.

5

학이시습지 學而時習之

— 배움의 즐거움

공자가 제자들에게 처음으로 전한 가르침은
단 한 문장이었다.

"배우고 때로 익히면 또한 기쁘지 아니한가?"
[學而時習之(학이시습지)면 不亦說乎(불역열호)아]

그의 말은
단순한 학문 권장이 아니라,
배움을 '즐거움'으로 전환하는 인생의 철학이었다.

공자에게 있어 '배운다學'는 것은
지식을 쌓는 일이 아니라,
스스로를 단련하며 마음을 닦는 과정이었다.

그리고 '익힌다習'는 것은
새가 날개짓을 거듭하며 하늘로 오르듯,
반복을 통해 완성에 다다르는 과정을 뜻했다.

주자는 習 자의 羽(깃 우)에서 이를 읽어내며,
배움이란 곧 끊임없는 연습과 갱신更新임을 강조하였다.

실제로 옛 학자들은 공부할 때
'삼여三餘', 즉 겨울·비 오는 날·밤을 활용했다.

짧은 여가를 모아
꾸준히 익히는 성실함이 학문의 뿌리였다.

이러한 배움의 기쁨은
단지 개인의 학문에 그치지 않았다.

공자는
"벗이 먼 곳에서 찾아오면 또한 즐겁지 아니한가?"라고 하여,

배움을 통해 마음을 나누는
'인간의 교류'를 가르쳤고,

"남이 알아주지 않아도 성내지 않는다면 군자가 아니겠는가?"라 하여,
외부의 평가보다
내면의 성숙을 중시하는 덕목을 일깨웠다.

즉, 배움의 궁극은 남과 겨루는 경쟁이 아니라
스스로를 닦는 데 있었다.

이 정신은
후대의 학자들에게 면면히 이어졌다.

《맹자》를 3,000번 읽으면
'문리文理가 툭탁 터진다'는
전설 같은 말이 전해지는 이유도 여기에 있다.

한 제자가
정말로 《맹자》를 3,000번 읽고도
'툭탁' 소리를 듣지 못하고는 스승에게 항의하자,
스승은 미소 지으며 답했다.

"그대가 지금 인용한 그 구절이 바로 '툭탁'이라네."
즉, 책의 뜻을 체화體化하여 스스로 말할 수 있게 되었을 때
비로소 깨달음이 이루어진다는 것이다.

서애 류성룡 역시 관악산에서 3개월간 공부하여
《맹자》를 모두 암송할 정도로 반복 학습을 실천했고,

양주동 박사 또한
"책을 백 번 읽으면
뜻이 저절로 드러난다[讀書百遍義自見(독서백편의자현)]"라는 말을 믿고
공부했다고 고백했다.

이처럼 '때로 익히는時習' 공부는
단순한 지식 축적이 아니라,
몸과 마음이 하나 되는 수양의 과정이다.

성독聲讀,
즉 소리 내어 읽는 공부는 입으로 말하고,
눈으로 보고,
귀로 듣는 세 겹의 학습 효과를 가져와 마음을 안정시키고,
번뇌를 씻는 역할도 했다.

《사자소학》이 가르친
"몸과 마음을 상하지 않게 하는 효도"
또한 같은 맥락에 있다.

결국 學而時習之의
'배우고 익힘'은

단순한 학문이 아니라
삶을 다려하는 도道였다

새가 날개짓을 거듭하며 하늘로 오르듯,
인간은 반복 속에서 깨닫고,
익힘 속에서 성장한다.

진정한 기쁨은 배움 자체에 있고,
그 즐거움이 곧 군자의 길로 이어진다.

6

독서讀書와 수양

— 지식으로 삶을 채우다

박지원이
《연암집》에서 강조하듯,

독서는
하루라도 게을리하면
얼굴빛과 말과 글이 바르지 못하게 되며,

어린 시절부터 꾸준히 읽으면
요망해지지 않고,

나이 들어서도
정신이 쇠약해지지 않으며,

단순히 책만 읽는 것이 아니라
세상사와 균형을 이루어야 한다.

후한의 고봉은 아내가
"보리를 지켜보라"는 충고를 듣지 못하고
폭우에 떠내려가는 보리를 알아채지 못했던 사례처럼,

현실과 세상을 놓치지 않도록
주의를 기울이는 것이 필요하며,

송나라 보경(寶慶, 1225~1227)과 경정(景定, 1260~1264) 사이
40년 동안 수많은 사람들이
서당 문을 걸어 잠그고
고금의 이치를 연구하며 독서에 매진했던 사례처럼,

독서에 몰두하는 사람들의 집념과 열정은
그 자체로 깊은 가치를 품는다.

현대 학자 양주동 박사가 강조하듯,
독서의 참된 즐거움은

깊은 진리의 바다에 도달하기 전에
험하고 어려운 길을 수없이 지나야 비로소 얻을 수 있으며,

평범한 학습에서도
'애씀의 땀'을 흘린 뒤에야 서늘한 즐거움이 배가된다.

따라서 독서는
언제나 즐거운 마음으로 수행해야 하고,

고전과 신서를 균형 있게 읽으며,
다독과 정독을 조화롭게 실천하여

두루 보되 정밀하게 보는 것이 중요하며,
독서를 단순한 지식 습득이 아니라

삶을 채우고
정신과 인격을 다듬는 수양의 길로 삼아야 한다.

조선 성종 때 설치된 독서당讀書堂과
통일신라 원성왕 때 시행된 독서삼품과讀書三品科,

그리고 선조 때 이이가 독서당讀書堂에서
사가독서賜暇讀書를 하며 기록한 《동호문답東湖問答》 등은

독서가 단순한 학습을 넘어
인격 수양과 정치적 안목,
사회적 책임으로 이어졌음을 보여준다.

이러한 모든 점을 종합하면,
독서는 어린 시절부터 정신과 인격을 다듬고
세상살이와 균형을 이루며,

험난한 길과 수고를 견디고,
노력과 성실 속에서 다독과 정독을 조화롭게 실천함으로써

지식을 쌓고,
삶을 풍요롭게 하며,
마음을 다스리는 길이 되는 것이다.

7

현두자고懸頭刺股

— 실패를 딛고 다시 일어서다

懸(달 현)은
마음을 뜻하는 心(심)과
소리를 나타내는 縣(현)이 결합된 형성자이다.

이 縣(현)의 모양을 자세히 보면,
오른쪽에는 系(이어 맬 계)가,
왼쪽에는 거꾸로 매달린 首(머리 수)가 늘어 있다.

본래 '매달다'는 뜻을 지녔으나,
후대에 이르러 郡縣(군현)처럼
행정 구역을 가리키는 의미로도 쓰이게 되었다.

이때 '걸다'라는 본래의 뜻을

그대로 이어받은 글자가 바로 懸(달 현)이다.
문자 그대로 "거꾸로 매달다"는 뜻이다.

이 글자에서 비롯된 성어가 바로
懸頭刺股(현두자고),
곧 '머리를 매달고 넓적다리를 찌른다'는 뜻의 고사이다.

이 말은
졸음을 이겨내며 학문에 몰두한 극한의 노력을 상징한다.

그 주인공은 전국시대의 명재상
소진蘇秦이다.

그는 귀곡자 문하에서 학문을 배우며
천하의 인재가 되겠다는 뜻을 품었다.

소진은 자신의 원대한 뜻을 펼치기 위해
집안의 밑천인 문전옥답門前沃畓마저 미련 없이 팔아치웠다.

그 돈으로 화려한 도포를 차려입고
수레와 말을 갖추어 진秦나라로 향한 그는,

무려 3년 동안이나 진나라의 도성 주위를 돌며
자신의 정견政見을 피력할 기회를 얻고자 애썼다.

그러나 결과는 참담했다.

진나라에서 뜻을 펼치지 못하고
3년 만에 초라하게 고향으로 돌아왔다.

화려했던 도포는 누더기가 되었고,
돈은 바닥이 났다.

그러나 세상은 그를 더욱 차갑게 맞았다.
어머니는 아들을 외면했고,
형수는 그를 무시했으며,
아내는 더 이상 남편으로 여기지 않았다.

모든 문이 닫히던 그 순간,
그는 스스로를 돌아보았다.

소진은
방 안에 틀어박혀 다시 글을 읽기 시작했다.

졸음을 이기기 위해
천장에 끈을 걸고 상투를 묶어
고개가 넘어가지 않게 했으며,

피곤이 몰려올 때마다
칼로 넓적다리를 찔러 정신을 깨웠다.

그의 다리는 피로 물들었지만,
그 고통 속에서 마음은 점점 단단해졌다.

그리고 3년 뒤,
그는 다시 세상으로 나섰다.

진나라의 세력이 지나치게 커
여섯 나라가 모두 위축되어 있던 때,

소진은 각국을 설득해 연합을 이뤄내는
합종책合縱策을 세웠다.

그 결과 그는
여섯 나라의 재상이 되었으며,

그 위세는
왕에 버금갔다.

고향으로 돌아올 때는
선물 수레가 10리에 이를 정도였다고 한다.

형수는 땅에 엎드려 절했고,
아내는 담장 위에서 그 행렬을 바라보았다.

한때는 가난한 선비로 천대받던 그가
이제는 천하를 움직이는 재상이 된 것이다.

이처럼 현두자고懸頭刺股는
실패와 좌절 속에서도 끝까지 뜻을 꺾지 않고

자신의 길을 묵묵히 걸어가는
모든 사람에게 전하는 희망의 상징이다.

이 성어의 준말인 현자懸刺는
사실 두 인물의 처절한 노력이 합쳐진 말이다.

한나라의 손경孫敬이
상투를 끈으로 묶어 대들보에 걸어 매달았던 현두懸頭와,

소진이
송곳으로 넓적다리를 찔러가며 잠을 쫓았던 자고刺股의 일화가 하나로
만난 것이다.

이들의 일화는 자신을 극한까지 몰아붙이며
학문에 매진한 이들의
강인한 정신을 보여주는 대표적인 사례로,

오늘날에도
끊임없는 노력과 자기 단련의 상징으로 길이 전해진다.

8

절차탁마切磋琢磨

— 함께 성장하는 힘

언변과 재치가 뛰어났던 제자
자공子貢이
어느 날 스승 공자孔子에게 물었다.

"선생님,
가난하더라도 남에게 아첨하지 않고,
부자가 되더라도 교만하지 않은 사람이 있다면,
그 사람은 어떤 사람입니까?"

이 질문에는 사실 자공의 남모를 속내가 숨어 있었다.
그는 공자의 3천 제자 중
독보적인 재력가이자 물주物主였다.

14년에 걸친 공자의 주유천하周遊天下 경비와
식솔들의 생계를 홀로 감당하면서도
거드름 피우지 않는 자신의 '겸손한 부富'에 자부심이 컸다.

하지만 스승이 찢어지게 가난한 안회顔回만 유독 아끼고 칭찬하자,
서운한 마음에 자신의 가치를 인정받고 싶어 던진 물음이었다.

공자는 자공의 마음을 꿰뚫어 보듯 부드럽게 미소 지으며 답했다.
"그 또한 훌륭하지만,
가난할 때 도를 즐기고,
부유할 때 예를 좋아하는 사람보다는 못하니라."

자공은 잠시 생각에 잠겼다가 다시 물었다.
"《시경詩經》에
'밝고 고운 군자는,
상아를 갈고 옥을 닦듯 수양을 쌓는다'는
구절이 있습니다.

이것이 바로 선생님께서 말씀하신
'수양의 길'입니까?"

공자는 고개를 끄덕이며 따뜻하게 답했다.
"자공아,
이제 너와 함께《시경》을 논할 수 있게 되었구나.
과거를 알면 미래를 안다고 했듯이,
너는 하나를 듣고 둘을 깨닫는 사람이로다."

자공은
젊은 시절 장사를 통해 큰 부를 이루었고,
공자를 만난 뒤에는 그 재산으로 스승을 도왔다.

그는 가난할 때 아첨하지 않았고,
부유할 때 교만하지 않았다는 점을
내심 자랑스럽게 여겼다.

그러나 공자의 말씀을 들은 뒤,
그는 진정한 덕의 깊이를 깨달았다.

가난과 부유를 초월해
도를 즐기고 예를 따르는 삶,
그것이야말로 참된 수양의 길이었다.

비록 자공은 안빈낙도安貧樂道한
안회顏回의 경지에는 미치지 못했지만,

스스로의 부족함을 인정하고
끊임없이 배우며 자신을 갈고닦는
절차탁마切磋琢磨의 길을 걸은 제자였다.

영조 12년(1736, 건륭) 3월 14일,
희정당熙政堂에서 주강晝講을 행하는 자리에
지사知事 윤순尹淳 등이 입시入侍하여
《시경詩經》을 진강進講하고,

종신宗臣 중에 파직罷職된 자도 서용敍用하여
관직에 붙여 책례冊禮에 참석하게 하라고 하교下敎하였다.

이때, 〈기욱淇奧〉 시를 가지고
절차탁마切磋琢磨하여
학문을 깊이 공부했기 때문에,

비록 늙어도
쉬지 않고 성현聖賢의 경지에 이르렀으며,

성학聖學이 비록 고명高明하지만
항상 자만하지 않는다면
좋을 것이라는 가르침이 전해졌다.

절차탁마는
단순한 학문적 연마를 넘어,
서로의 지식과 덕을 주고받으며
함께 성장하는 힘을 뜻한다.

이를 통해 제자는
끊임없이 자신을 다듬고,

마음과 행동을 조화롭게 수양하며,
나아가 성현의 경지에 이를 수 있음을 보여준다.

서로를 갈고 닦는 과정을 통해

배움의 깊이는 더해지고,
깨달음의 폭은 넓어진다.

그 길 위에서,
제자는 단순히 지식을 쌓는 것이 아니라
자신을 다듬는 동시에 공동체와 세상을 밝히는 힘을 얻는다.

9

문질빈빈 文質彬彬
— 겉과 속의 조화

質(바탕 질)은
재물과 관련된 貝(조개 패)와
음을 나타내는 斦(zhi, 모탕 은)으로 이루어진 형성자이다.

청대의 학자 朱駿聲(주준성)은
斦을 '도마'라고 해석하며
여기서 '바탕'이나 '근본'이라는 의미가 생겼나고 보았나.

질은 사람의 내면,
즉 성품과 본질을 나타내며,
그 사람이 지닌 근본적 힘과 성실함을 의미한다.

반면 文(꾸밈 문)은

말과 글, 행동과 태도로 드러나는 외적 표현을 뜻한다.

《논어》〈옹야편〉의 文質彬彬(문질빈빈)은
이 둘이 조화를 이루었음을 보여준다.

사람의 천성이 착하더라도
배우지 않으면 표현이 거칠고 서툴러 남에게 전달되지 않으며,

반대로 성품이 부족하면서
배움만 많으면 겉치레만 능숙해져 진정성을 잃는다.

따라서 질과 문이 조화를 이루는 사람이야말로
군자라 할 수 있다.

역사 속에서도
이러한 군자의 전형이 여럿 존재한다.

조선시대 퇴계 이황은
성품이 청렴하고 바탕이 단단하였으며,
글과 말, 행동에서도 점잖은 문文을 갖추었다.

학문과 도덕,
겉과 속이 조화를 이루어
제자와 후배들에게 깊은 존경을 받았다.

반대로

배움은 풍부하지만 교만과 허세가 섞인 인물은
아무리 화려한 말과 글을 구사해도 진정한 신뢰를 얻지 못했다.

오늘날 사회에서도
문질빈빈의 가치는 그대로 적용된다.

예를 들어,
직장에서 뛰어난 업무 능력과 지식을 갖추었지만

사람을 배려하지 않고 오직 성과만 강조하는 리더는
존경받기 어렵다.

반대로
기본적인 직무 능력이 충분히 갖춰져 있으면서도

성실함과 겸손, 상대를 배려하는 태도를 갖춘 사람은
자연스럽게 동료와 상사에게 신뢰와 존경을 받는다.

학문이나 기술, 표현 능력과 성품이 조화를 이루어야만,
타인에게 감동을 주고 영향력을 발휘할 수 있는 것이다.

즉, 문질빈빈은
단순히 학식이나 교양을 의미하지 않는다.

내면의 바탕이 튼튼해야
겉으로 드러나는 표현이 자연스럽게 빛나며,

겉치레 없는 진실함이 드러난다.

마치 깊은 뿌리를 가진 나무가
가지와 잎을 건강하게 피우듯,

인간 역시 성품과 지식,
태도가 조화를 이루어야 온전한 인격을 형성할 수 있다.

사회 속에서 사람을 평가할 때도 겉모습만 보지 말고,
내면과 바탕까지 살펴야 진정한 가치를 판단할 수 있다.

文質彬彬은
시대를 초월한 지혜다.

겉과 속이 조화를 이루어 빛나는 사람만이 진정한 군자가 되며,
현대 사회에서도 존경받는 인격으로 자리할 수 있다.

배움과 태도, 말과 행동,
모두가 서로 어우러질 때,
우리는 비로소 온전한 인간의 깊이와 아름다움을 체감하게 된다.

10

無爲自然(무위자연)·無所有(무소유)
― 자연과 집착 없는 삶

노자老子는
세상을 다스리는 근본 원리를
'있는 그대로 두는 삶'에서 찾으며
無爲自然(무위자연)을 설하였다.

무위無爲란
아무것도 하지 않는 태만이 아니라,
억지로 조작하지 않고 사물의 흐름에 따르는 지혜이다.

이는 자연自然이라는 말이 덧붙음으로써
더욱 분명해진다.

'스스(저절)로 그러함'

―그것이 곧 자연의 법칙이며,
인간 또한 그 질서 안에 놓일 때 가장 순리롭게 산다.

노자는
인위人爲를 버리고
본래의 순정純情으로 돌아갈 것을 가르쳤다.

부모가 자식에게 '효도하라'고 강요하지 않아도,
사랑의 마음이 자연스레 흐르면 효孝가 이루어지는 것과 같다.

꾸민 행동보다
자연스러운 태도가 진실하고,

인공의 아름다움보다
자연의 조화가 더 깊은 울림을 준다.

이러한 무위자연은
결코 소극적인 도피가 아니다.

세상의 흐름과 자신의 마음을 면밀히 살피며,
불필요한 집착과 억지를 덜어내는 능동적 평정平靜의 기술이다.

리더가
조직의 구성원을 억지로 몰아세우기보다

각자의 능력과 리듬을 존중할 때

더 큰 성과가 나오듯,

인간의 삶에서도
자연스러움은
가장 큰 조화를 낳는다.

억지로 상황을 통제하기보다
흐름 속에서 최선을 다하는 태도,
그것이 곧 무위의 실천이다.

《列子(열자)》의 황제黃帝 이야기는
이 사상의 상징적 비유다.

황제가 꿈속에서
화서씨華胥氏의 나라를 여행하며
무위자연이 구현된 세상을 본 뒤,
깨어나 천하를 덕으로 교화했다는 전설이다.

억지로 다스리지 않아도
백성이 스스로 조화를 이루는 이상적 정치의 모습이
바로 그 꿈속에 있었다.

이러한 태평성대의 풍경은
고대 중국 요임금 때의 '격양가擊壤歌'에서 더욱 생생하게 드러난다.
한 노인이 땅을 치며 노래하기를,

"해 뜨면 일하고 해 지면 쉬며,
우물 파서 마시고 밭 갈아 먹으니,

요임금의 힘이 나에게 무슨 상관이랴
帝力于我何有哉."라고 하였다.

나물 먹고 물 마시고 팔배개하고 누운
그 소박한 일상 속에 자연의 질서가 완벽히 스며들어 있기에,

통치자의 권력조차 의식할 필요가 없는 상태
―이것이 바로 무위자연이 삶으로 구현된 최고의 경지다.

한편,
불가佛家는 집착을 내려놓는 길로
無所有(무소유)를 가르친다.

《般若心經(반야심경)》에서는
'無(없을 무)' 자를 스무 번 넘게 반복하며,
모든 소유와 집착을 버릴 것을 강조한다.

무소유는
단순히 재물을 버리는 가난이 아니다.
명예·권력·자아에 대한 집착을 비워 내는
정신의 자유를 뜻한다.

《楞嚴經(능엄경)》에서 말하듯,

"식심識心이 다 멸하여 시방十方이 적연寂然하니,
갈 곳이 없는 자가 곧 無所有處(무소유처)라."

이 말은
분별과 집착이 사라져
마음이 고요해진 경지를 표현한다.

모든 의식이 사라진 듯하지만,
근본의 '識性(식성)'
—즉 본래의 자성自性이 여전히 깨어 있다는 깨달음의 경지다.

무위자연과 무소유는
각각 도가道家와 불가佛家의 전통에서 비롯되었지만,
결국 한 지점에서 만난다.

그것은
인간이 자연과 자신을 억지로 만들지 않고,
있는 그대로의 모습 속에서 자유를 얻는 길이다.

무위자연이
외적 조화의 길이라면,

무소유는
내적 해탈의 길이라 할 수 있다.

전자가

자연과 더불어 흐르는 삶이라면,

후자는
마음속 소유의 그림자를 비우는 수행이다.

현대의 삶에 비추어보면,
무위자연은
끊임없이 비교와 경쟁 속에 사는 우리에게 '멈춤'의 지혜를 일깨우고,

무소유는
과도한 소비와 욕망을 내려놓게 하는 내면의 청소다.

SNS에서
타인의 삶과 자신을 비교하며 불안해하기보다,
자기 속도에 맞게 살아가는 것이 무위의 실천이며,

필요 이상의 것을 쌓지 않고
충분함을 아는 것이 무소유의 덕이다.

이러한 사유는
법정 스님法頂僧의 삶에서 구체적으로 되살아났다.

그는 불교의 '무소유'를
단순한 교리로서가 아니라,
생의 태도로서 실천했다.

순천 송광사 뒷산에 있는 작은 암자인 불일암佛日庵에서
다듬어진 그의 정신은
이후 '맑고 향기롭게' 운동으로 이어지며
대중의 마음속으로 스며들었다.

법정은 말하였다.
"무소유는 아무것도 갖지 않는 것이 아니라,
불필요한 것을 갖지 않는 것이다."

그의 방에는
의자 하나,
책상 하나,
찻잔 하나뿐이었고,
그것으로 충분했다.

그는 세상과 거리를 두면서도 도피하지 않았고,
자연과 하나 되면서도 무관심하지 않았다.

그의 고요한 삶은
노자의 무위자연처럼
억지 없는 순리를 따랐고,

부처의 무소유처럼
집착 없는 평화를 보여주었다.

결국 無爲自然과 無所有는

인간이 삶의 조화를 회복하고
내적 자유라는 하늘로 날아오르게 하는
두 날개와 같다.

억지로 만들거나 붙잡지 않고,
자연과 마음의 본질을 존중하며 맡겨두는 삶
―그곳에 진정한 평화가 있다.

삶의 속도를 늦추고
마음의 짐을 덜어낼 때,

시대를 초월한 이 두 가르침은
오늘도 우리의 일상 속에서 살아 움직이며,

"있는 그대로의 나로서 충분하다"라는
고요한 확신을 남긴다.

살아간다는 것은 무엇을 얻는 일이 아니라,
불필요한 것을 하나씩 내려놓는 여정이다.

그리하여 마침내 도달하는 곳,
아무것도 하지 않으나 모든 것이 이루어지고,
아무것도 가지지 않으나 모든 것이 충만한 자리

―그곳이 바로 무위자연이며,
무소유의 완성이다.

IV

자연과 사물의 철학

— 세상 만물의 지혜

이 장은
자연과 사물을 통해 인간이 배우는 조화와 통찰의 철학을 다룬다.

세상 만물은 그 자체로 스승이며,
글자 속에는 자연의 이치가 숨 쉬고 있다.

산과 물, 짐승과 새, 바람과 구름,
그리고 차 한 잔의 향기까지—
모든 것은 인간의 마음을 비추는 거울이 된다.

'파자破字로 본 차茶와 부富'는
글자를 해체하며 비움과 채움의 균형을 살피고,
참된 풍요가 물질이 아닌 마음의 여유에서 비롯됨을 가르친다.

'일·월·풍·운(日·月·風·雲)'은
하늘과 땅의 순환, 음양의 조화 속에서
인간이 나아가야 할 세월의 길을 제시한다.

'감甘'은
약초와 샘물, 빗물 속의 달콤함처럼
자연이 주는 은혜의 미묘함을 보여준다.

'미록麋鹿'과 '홍안鴻雁'은
동물의 이름 속에 담긴 상징과 언어의 지혜를 되새긴다.

'연꽃과 군자의 덕목'은

탁류 속에서도 맑음을 잃지 않는 고결한 삶을,

'잣나무와 밤나무'는
절개와 근본을 지키는 강인한 의지를 상징한다.

'까마귀'는
오해받은 새 속에 숨은 충성과 지혜를 재조명하며,

'불사조의 탄생'은
시련 속에서도 다시 날아오르는 봉황을 통해 재생과 희망을 이야기
한다.

'鳶飛魚躍(연비어약)'은
자신의 도리를 다하며 높이 오르되 교만하지 않고,
어느 자리에 있든 스스로를 살피는 겸손과 정직의 자세를 강조한다.

이처럼 이 장은
자연을 스승으로 삼아 삶의 지혜를 배우는 여정을 보여준다.

모든 사물은 말없이 이치를 전하고,
인간은 그것을 깨달을 때 비로소 자연의 일부로 거듭난다.

세상의 만물은 결국 하나의 진리를 향해 흐르며,
그 안에서 인간은 자신을 비추어 본다.

1

파자破字로 본 차茶와 부富

— 비움과 채움의 길

茶(차)와 富(부)는
서로 다른 세계,

곧 초월과 세속,
비움과 채움을 상징하지만,
그 속에는 인간의 욕망과 깨달음이 교차한다.

먼저 茶는
본래 쓴나물 茶(씀바귀 도)에서 비롯되어,
은둔의 선비 육우陸羽가
다도의 정신을 세우며 오늘날의 茶로 정착시켰다.

풀 초艹와 나 여余가 결합된 이 글자는

자연과 인간의 조화를 상징한다.

옛사람들에게 차는 일상의 깊숙한 부분이었다.
평소에 늘 하는 일을 일컫는 '다반사茶飯事'라는 말에서 알 수 있듯,
차 마시는 일은 밥 먹는 일만큼이나 흔하고 당연한 일과였다.

특히 식사 후에 반드시 진한 차를 마신다는
'반후농다飯後濃茶'의 습속은

차가 단순한 기호품을 넘어
소화를 돕고 정신을 맑게 하는
필수적인 존재였음을 보여준다.

다만 송나라 홍매의 《이견지夷堅志》에서는
"빈속에 차를 마시지 말라[막끽공심다莫喫空心茶]"라고 경계하여,
차의 성질이 몸에 미치는 영향까지 세심하게 살폈음을 알 수 있다.

불가에서는 술을
'곡차穀茶'라 부르며,

"茶의 파자에는
++는 十(십)이 두 개이므로 20,
八(팔)과 木(목)은 八十八(88),
이를 합치면 108이 되어,
이는 곧 108번뇌를 씻는 수행의 차"
라는 해석이 전한다.

차 한 잔은
단순한 음료가 아니라 번뇌를 맑히는 수행의 상징이었으며,

정약용이
호를 '다산茶山'이라 한 것도
차를 통해 사유와 수양의 세계를 드러내려는 뜻이었다.

당나라 시인 노동盧仝은
「다가茶歌」에서
"일곱째 잔에 이르면
두 겨드랑이에 날개가 돋아 맑은 바람이 이는 걸 느낀다"라고 읊어,

차가
인간을 세속에서 벗어나게 하는 정신적 해탈의 매개임을 노래했다.

반면 富는
고대 금문에서 집宀 안에 술 단지(畐, 가득할 복)를 둔 모습으로,
본래는 가득함과 풍요를 뜻했다.

그러나 세월이 흐르며
부의 의미도 변하였다.

「심청가」의 파자 이야기에서는,
富자의
윗부분 宀(집 면)을 木(목)씨에게 파니
宋씨가 되었고,

一(한 일)을 余(여)씨에게 파니
金씨가 되었으며,

口(입 구)를 口(구)씨에게 파니, 이어서
呂씨가 되더라는 것이다.

이제는 쓸모없는 묵정밭만 남은
田씨가 되었다는 해학이 전한다.

이는
부유함의 상징이던 글자가
삶의 무상함과 빈곤을 풍자하는 상징으로 바뀌었음을 보여준다.

이처럼 茶는
속세의 번뇌를 덜어내는 절제의 상징,
富는 세속의 욕망을 채우려는 풍요의 상징으로 보이지만,

궁극적으로 두 글자가 지향하는 바는 같다.
지나침을 버리고 조화를 이루는 삶,
즉 비움과 채움의 균형이다.

차는
비움을 통해 깨달음을 얻고,

부는
채움의 끝에서 비움을 배운다.

결국 진정한 富란
소유의 양이 아니라 마음의 여유,

곧 한 잔의 차처럼
번뇌를 식히는 평온함에 있으며,

그 속에서 인간은
욕망을 넘어 조화와 깨달음의 길로 나아간다.

2

일·월·풍·운(日·月·風·雲)
— 음양의 조화와 세월의 길

日(날 일)과 月(달 월)은
세상 만물의 기본 질서를 상징한다.

낮과 밤이 교차하며 하루가 완성되듯,
日月은 '세월'이라는 순환의 흐름을 뜻한다.

낮은 해가 떠오르는 밝음의 시간으로 陽(볕 양)을,
밤은 해가 지고 어둠이 깃드는 陰(그늘 음)을 상징한다.

이 두 힘은 서로 대립하면서도,
동시에 세상을 유지하는 조화의 원리로 작용한다.

陰과 陽은

단순한 자연 현상을 넘어
인간의 사고 체계와 문명 형성의 근원이 되었다.

낮과 밤,
남자와 여자,
강함과 부드러움,
움직임과 고요함이
모두 이 음양의 원리에 속한다.

중국의 간체자에서도 陽은 '阳', 陰은 '阴'으로 간소화되어,
세상의 양면성을 문자 속에 간직하고 있다.

이러한 음양의 순환 속에서
風(바람 풍)은
변화와 소통의 매개로 등장한다.

바람은 눈에 보이지 않지만
모든 것을 움직인다.

그래서 사람의 마음도,
세상의 형세도 바람에 비유된다.

《논어》에서는
"윗사람의 덕망이 바람처럼 흐르면,
아랫사람의 마음이라는 풀은
그 바람을 따라 절로 물결치며 화답하기 마련이다."라고 하였다.

이는 정치와 백성의 관계를
바람과 풀의 상호작용으로 설명한 비유다.

또한 바람은
諷(풍자할 풍)이라는 글자에도 스며 있다.

바람처럼 직접적이지 않으면서도 은근히 메시지를 전하는 것이
바로 풍자의 힘이다.

의학에서도 바람은 중요한 존재다.
風病(풍병)이라는 말처럼,
바람은 몸의 균형을 흔들 수 있다.

수행자들이
바람을 막고 마음을 다스리는 것도
결국 몸과 마음의 흐름을 조화시키기 위함이다.

여기에 가을날의 楓(단풍나무 풍)을 더하면
바람의 미학은 완성된다.

단풍은 거친 바람을 견뎌낸 결실로,
치열한 수양을 통해 인격이 무르익는 과정과 닮아 있다.

그러나 바람이 지나치면 폭풍이 되고,
조화가 깨진다.

이러한 균형의 붕괴는
고대 초나라 회왕의 일화에서도 볼 수 있다.

회왕은 꿈속에서
무산巫山의 신녀를 만나

구름과 비로 상징되는 교합의 환상,
즉 雲雨之情(운우지정)을 경험하였다.

본래 雲雨(운우)란
하늘(남성/양)과 땅(여성/음)이 만나 생명을 잉태하는
우주적 교합의 공간을 상징한다.

구름과 비가 만나는 그 중간 지점에서
만물의 생명력이 소생하는 법이다.

특히 땅을 뜻하는 地(땅 지)의 구성을 살펴보면
그 의미는 더욱 명확해진다.

우측의 也(어소사 야)는
고대 문자학적으로 여성이 생명을 잉태하는 생식기의 모양을 본뜬 글자로,
만물을 낳고 기르는 땅의 생산성을 상징한다.

즉, 운우란
하늘의 기운이 땅의 자궁 속으로 스며들어

새로운 생명을 잉태하는 거룩한 생명 탄생의 과정인 것이다.

그러나 이 신화적 사건은
후대에 이르러 단순히 남녀의 쾌락을 뜻하는
운우지몽으로 치부되기도 하였다.

회왕의 비극은
이 거룩한 음양의 조화를 사사로운 욕망으로 오해하여
세상을 다스릴 본래의 '도道'를 잃었기 때문에 발생했다.

꿈속에서 신녀를 만나
"아침에는 구름이 되고 저녁에는 비가 되어 내리리라"는

달콤한 약속에 취해 있는 동안,
현실의 초나라는 돌이킬 수 없는 쇠락의 길로 접어들었다.

그의 최후는 더욱 처참했다.
꿈속의 몽환적인 쾌락과 달리,
현실의 회왕은 진나라의 기만책에 속아 적국으로 추빙되어 갔다가
그대로 억류되고 말았다.

한 나라의 군주로서 역사상 유례없는 치욕을 맛보며
타국 땅에서 쓸쓸히 생을 마감한 것이다.

이는 음양의 조화라는 우주적 이치를
한낱 개인의 탐닉으로 바꾼 군주가 치러야 했던 가혹한 대가였다.

그 결과 충신 굴원屈原은
나라의 위태로움을 걱정하다가 먹라수에 몸을 던졌고,
초나라는 결국 쇠망의 길로 접어들었다.

결국 日月, 風, 雲雨의 이야기는
모두 하나의 주제로 귀결된다.

세상은 언제나 빛과 어둠,
움직임과 고요,
욕망과 절제가 교차하며 이루어진다.

음양의 균형이 깨어지면
바람이 폭풍이 되고,
구름이 홍수가 되듯,
인간의 마음도 마찬가지다.

지혜로운 삶이란 해와 달의 순환처럼,
바람과 비의 흐름처럼 조화와 절제를 아는 일이다.

그것이 곧 자연의 법노이자,
문자 속에 담긴 동양 사상의 근본이기도 하다.

3

감 甘

— 약초, 비, 샘물 속 지혜

한자의 甘(달 감)은
원래 '입에 무엇인가를 물고 있는 모양'에서 비롯되었다.

그래서 '달다', '기분이 좋다',
'맛이 좋다'라는 뜻으로 쓰이지만,
그 의미는 단순히 '맛있다'에 그치지 않는다.

삶과 자연, 문화 속 곳곳에서 달콤함은
사람과 세상을 이어주는 숨은 지혜로 자리 잡는다.

약방의 감초를 떠올려보자.
감초는 특별히 강력한 약효가 있는 것은 아니지만,
다른 쓴 약들과 함께 있어야만 제 역할을 한다.

마치 무대 뒤에서 조용히 배우들의 연기를 빛나게 하는 조연처럼,
감초는 작은 중심이 되어 전체를 조화롭게 만든다.

사람 사이에도 그런 존재가 있다.
눈에 띄지 않아도 빠지면 전체가 어색해지는,
꼭 필요한 달콤함이 말이다.

큰 가뭄 속 내리는 단비,
곧 甘雨(감우)를 떠올리면
달콤함이 주는 희망이 더 생생하게 느껴진다.

《토정비결》에는
"大旱得甘雨(대한득감우)요
他鄕逢故人(타향봉고인)이라"라는 구절이 있다.

뜻밖의 시련 속에서 맞이한 단비 같은 기쁨과,
낯선 땅에서 오래된 친구를 만난 반가움이 달콤함으로 표현된 것이다.

달콤함은
바로 이렇게, 삶 속 작은 선물로 나타난다.

달콤함은
지명 속에서도 나타난다.

경상북도 醴川郡(예천군) 甘泉(감천)은
글자 그대로 '단 샘'이다.

감천면 안의 泉香里(천향리)는
'향기 나는 샘물이 있는 마을'을 뜻한다.

특히 이 고장 예천군에는
세계 어느 곳에도 없는 세금 내는 나무가 두 그루 있어 신비함을 더한다.

하나는 바로 이곳 천향리의 석송령石松靈이고,
또 하나는 용궁면 금남리의 황목근黃木根이다.

석송령 옆에는 깨끗한 샘물과 유황 온천이 있어
옛 사람들에게 귀하게 여겨졌다.

《장자》의 말처럼,
봉황은 오동나무가 아니면 앉지 않고,

좋은 샘물(예천)이 아니면 마시지 않는다는 이야기가 있듯,
달콤함은 귀하고 좋은 것과 늘 함께한다.

하지만 달콤함이 항상 착한 것만은 아니다.
甘言利說(감언이설)처럼
듣기 좋은 말로 남을 꾀하거나,

甘呑苦吐(감탄고토)처럼
달면 삼키고 쓰면 뱉는 자기 마음대로 행동하는 것은 오히려 해롭다.

맛있는 것을 너무 많이 먹으면 탈이 나듯,
삶에서도 달콤함의 의미를 올바르게 이해하고,

조화와 절제를 지키는 것이 중요하다.
그래서 甘은
단순히 '맛있다'를 넘어, 필요와 조화,
즐거움과 절제를 모두 아우르는 글자다.

약초처럼 모든 쓴 약을 조화롭게 하고,
단비처럼 시련 속 기쁨을 주며,
샘물처럼 삶의 귀함을 깨닫게 한다.

달콤함 속에 담긴 삶의 지혜를 이해하는 순간,
우리는 눈에 보이지 않는 작은 행복과
균형을 더 또렷하게 느낄 수 있다.

4

미록·홍안(麋鹿·鴻雁)

— 글자 속 의미를 깨닫다

《맹자》에는
麋鹿(미록)과 鴻雁(홍안)에 관한 이야기가 나온다.

글자를 풀이하면
麋(사슴 미)와 鹿(사슴 록),
鴻(기러기 홍)과 雁(기러기 안)으로 나뉜다.

여기서 차이를 살펴보면,
麋는 큰 사슴,
鹿는 작은 사슴을 뜻하며,

鴻은 큰 기러기,
雁은 작은 기러기를 가리킨다.

이와 비슷하게, 斧斤(부근)에서도

斧(도끼 부)는 '큰 도끼',
斤(근)은 '작은 도끼'를 의미한다.

또한 釜(솥 부)는
父(아버지 부)와 金(쇠 금)으로 이루어져
'아버지 전용 솥', 즉 가마솥을 뜻한다.

《맹자》〈양혜왕〉 편에는
맹자가 양혜왕을 만난 장면이 나온다.

왕이 못가에 서서 크고 작은 기러기와 사슴들을 바라보며,
"현량한 사람도 이런 것을 즐깁니까?"라고 묻는다.

여기서 '鴻鴈之大者'와
'麋鹿之大者'라는 주석이 붙어 있다.

이와 관련된 이야기가 있다.
한 시골 농부가 소에 거름을 싣고 들판으로 가던 중,
마을 어귀에서 아이가 글 읽는 소리를 들었다.

농부가 출발할 때 아이는
鴻鴈之大者요.[鴻鴈은 큰것이요]
麋鹿之大者라.[麋鹿은 큰것이라]
라고 읽었지만,

돌아올 때는
鴻은 雁之大者요[鴻은 雁의 큰것이요]
麋는 鹿之大者라[麋는 鹿은 큰것이라]
라고 바꾸어 읽었다.

처음에는 단순히 글자를 따라 읽던 아이가,
농부가 일을 마치고 돌아오는 길에는
그 속에 담긴 사물의 질서와 문리文理를 정확히 짚어낸 것이다.

이는 단순히 문장의 마침표를 찾아낸 것이 아니라,
글자 속에 숨어 있던 사물의 이치를 온몸으로 받아들인 순간이다.

낱낱의 글자가 품고 있는 생생한 결을 찾아내어
사물 사이의 미묘한 차이를 분별해내는 안목은
곧 세상을 정밀하게 바라보는 지혜의 시작이다.

집 안에서 들려오던 아이의 글 읽는 소리가
농부의 귓가에 머물며 문리의 문을 열었듯이,

우리 역시 책 속의 지식을 넘어
살아 움직이는 '삶의 글자'를 만날 때
비로소 참된 깨달음에 이른다.

큰 기러기와 큰 사슴을 구분할 줄 아는 그 정밀한 마음이 모여,
마침내 삶의 깊은 이치를 체득體得하는 수양의 길로 이어지는 것이다.

5

연꽃과 군자의 덕목

― 청정과 고결

蓮(연꽃 련)은
풀을 뜻하는 ⧾(풀 초)와 음을 나타내는 連(이을 연)이 결합한 형성자
이다.

본뜻은 연밥을 의미하는데,
씨앗이 들어있는 연밥들이 줄줄이 이어져 달리는

생태적 특징에서 '이을 연'자가 쓰였다.
이후 연밥뿐만 아니라 꽃 전체를 가리키는 글자가 되었다.

중국 북송의 유학자 주돈이周敦頤는
〈애련설愛蓮說〉에서
연꽃을 가장 이상적인 꽃으로 칭송하였다.

그는 진나라의 도연명陶淵明이
은둔하며 국화菊花를 사랑한 것과,

세상의 수많은 사람이 부귀영화를 상징하는
모란(牧丹, 목단)에 열광하는 것을 대조시키며,

자신은 왜 유독 연꽃을 사랑할 수밖에 없는지
그 이유를 다음과 같이 밝히고 있다.

주돈이가 연꽃을 사랑한 이유를 정리하면 다음과 같다.
연꽃은 진흙 속에서 자라나 진흙에 물들지 않는다.

이는 어려운 환경에서도
스스로를 지키며 환경을 탓하지 않는 태도를 상징한다.

마치 성왕 순舜 임금이나
김수환 추기경이
어려운 상황 속에서도 자신의 길을 자랑스러워했던 모습과 닮아 있다.

맑은 잔물결 위에 피어난 연꽃은
요염하지 않으며 겸손을 잃지 않는다.

또한 줄기는 속이 비었지만 겉은 곧아
내유외강內柔外剛의 의미를 보여준다.

蓮(연)은 넝쿨처럼 자라거나 가지를 치지 않으므로,

지위가 높아도 권위나 허세를 과시하지 않는다.

그 향기는 멀리서도 더욱 맑게 느껴지며,
만날수록 정감과 신뢰를 더한다.

우뚝이 서 있어 멀리서 바라볼 수 있지만
함부로 만질 수 없는 모습은,
인품이 자상하면서도 위엄 있게 드러남을 의미한다.

이처럼 연꽃은 佛花(불화)로 칭송되며,
그 향기는 멀리서도 맑음을 더한다는 뜻에서
香遠益淸(향원익청)이라 불린다.

연꽃은
단순히 아름다운 꽃이 아니라,

속세의 부귀(모란)를 탐하지 않고,
홀로 숨어버리는 은둔(국화)에 머물지도 않으며,

어지러운 세상 속에서도 정렴하고 겸손하며
내실 있는 삶을 살아가는 군자의 이상적 모습을 상징한다.

6

잣나무와 밤나무
— 절개와 근본의 상징

柏(잣나무 백)과 栗(밤 률)은
모두 木(나무 목) 부수를 가진 글자이다.

柏(잣나무 백)은
'측백나무'를 의미하며,
속자로 栢(백)도 존재한다.

《논어》〈자한편〉에는
"날씨가 추워지고 나서야
소나무와 잣나무가 뒤늦게 시듦을 알게 된다.
[歲寒然後(세한연후) 知松柏之後彫也(지송백지후조야)]"
라는 말이 있다.

이는 지조와 절개가 굳은 사람은
어려운 상황에서야 그 참모습이 드러난다는 의미이다.

강판권 교수는《선비가 사랑한 나무》에서
잣나무를 '측백나무'로 번역한 것이 오역임을 지적했다.
실제로 공자 사당에도 측백나무가 심겨 있다.

왜 白(백)을 붙여 '측백'이라 했을까?
오행에서 白은 서쪽을 뜻하며,
측백은 서쪽으로 가지를 뻗는 특성이 있어 이를 반영한 이름이다.

천연기념물 1호인
대구 동구의 '도동 측백나무 숲'에서 이러한 특징을 확인할 수 있다.

다음으로 율栗,
밤나무를 보자.

글자의 모양은 나무木 위에
열매가 조롱조롱 달린 형상이다.

밤송이에는 가시가 많아 보기만 해도
'오싹하다'는 뜻의 두려워할 율慄 자가 여기서 파생되기도 했다.

하지만 밤나무가 진정 귀하게 대접받는 이유는 따로 있다.
바로 근본을 잊지 않는 효孝의 상징이기 때문이다.

대부분의 식물은 싹이 트면
씨앗 껍질이 떨어져 나가지만,
밤나무는 다르다.

밤은 싹이 트고 자라 큰 나무가 될 때까지,
그 씨밤(생명의 근원)이 뿌리에 단단히 매달려 있다.

이를 두고 옛사람들은
"자신을 낳아준 근본을 끝까지 잊지 않고 갚는다" 하여
보본報本의 나무라 불렀다.

제사상에 밤을 올리는 이유 또한 이 지극한 정성에 있다.
밤은 가시 돋친 밤송이와 단단한 겉껍질,
그리고 떫은 속껍질까지
무려 세 겹의 보호막으로 알맹이를 감싸 안고 있다.

이처럼 열매를 소중히 보호하려는 정성은
조상을 모시는 후손의 마음가짐과 닮아 있다.

또한 밤송이 속 세 개의 알맹이처럼
자손이 영의정·좌의정·우의정 삼정승三政丞처럼
귀하게 되기를 바라는 기원이다.

심지어 서원書院에서 위패를 모실 때는
닭 울음소리가 들리지 않는 깊은 산 속의
밤나무를 쓴다고 한다.

이는 잡스러운 소리에 방해받지 않고,
오직 근본(뿌리)을 지키는 밤나무의 정결한 기운을 빌리기 위함이다.

결국 백柏과 율栗은
우리에게 두 가지 질문을 던진다.

엄동설한에도 변치 않을 절개柏가 있는가?
그리고 내가 어디서 왔는지
그 뿌리栗를 잊지 않고 있는가?

측백나무가 서쪽을 향해 의지를 세우고,
밤나무가 뿌리에 씨앗을 품어 근본을 지키듯,

자연은 나무 한 그루를 통해서도
인간의 도리를 말없이 웅변한다.

7

까마귀

— 오해 속에 숨겨진 충성과 지혜

한자 문화권에서
검은색은

오래도록 백색이나 붉은색의 상대 개념으로 여겨지며,
흔히 불길함과 연결되었다.

속담 "까마귀 노는 곳에 백로야 가지 마라"는
까마귀처럼 사악한 사람과 어울리지 말라는 경계를 전한다.

또한 '먹을 가까이하면 검게 된다'는 近墨者黑(근묵자흑)의 가르침 역시,
나쁜 친구와 사귀면
자신도 모르는 사이 나쁜 길로 빠지게 됨을 경계한다.

그러나 유의건柳宜健은
〈烏鶴相訟說(오학상송설)〉에서 까마귀의 말을 빌려 이렇게 기록했다.

"머리가 검으면 사람들은 기뻐하고,
머리가 희면 사람들은 싫어한다."라고 말하며
사람들의 이중적인 인식을 꼬집은 것이다.

이는 검은색이
단순히 부정적 의미만 지니는 것은 아님을 시사한다.

이와 대비되는 표현이 바로 近朱者赤(근주자적)이다.
'붉은 것을 가까이하면 붉게 된다'는 이 말은,

좋은 친구나 선한 가르침을 곁에 두어
스스로를 귀하게 물들이라는 뜻을 담고 있다.

실제로 과거에는 일반 가정에 대문이 없고,
관리의 집만 붉게 칠한 朱門(주문)으로 표시했다.
색과 상징은 시대와 맥락 속에서 다르게 읽혀야 한다.

사실
사람들이 까마귀를 미워하게 된 데에는
그들의 독특한 습성도 한몫했다.

까마귀는 부패한 음식을 즐겨 먹는데,
과거에는 사람이 늙어 죽을 때가 되어

몸에서 노쇠한 냄새가 나기 시작하면
이를 본능적으로 알아차리고 모여들곤 했다.

이 때문에 사람들은
까마귀를 죽음을 불러오는 불길한 새로 여기게 된 것이다.

현대적 관점에서 보면 까마귀는
사체를 처리해 환경오염을 막아주는
'일등 환경 정화 동물'이기도 하다.

까마귀를 향한 오해는 단어에서도 드러난다.
'오합지졸烏合之卒'은
훈련되지 않은 무리를 뜻하지만,

새들이 무리 지어 나는 것은
강한 맹금류로부터 자신을 보호하기 위한 치밀한 군무群舞다.

하지만 까마귀는 뛰어난 개별 능력을 갖추고 있어
혼자 활동할 때도 영리하며,
결코 무능한 존재가 아니므로 군무의 필요성을 느끼지 않는다.

까마귀는 충성과 효의 상징이기도 하다.
反哺之孝(반포지효)는 새끼 시절 어미가 먹이를 주지만,
어미가 늙으면 새끼가 먹이를 가져다주는 모습을 의미한다.

미물微物인 까마귀조차 제 어미를 보살피는 본성을 지니고 있으니,

부모의 은공을 모르는 불효자를 두고

"금수만도 못하다"라고 일갈하는 비유에는
이러한 짐승의 도리조차 다하지 못하는 인간에 대한 준엄한 꾸짖음이
서려 있다.

현대 조류학에서도 까마귀는
도구를 사용하는 드문 새로 인정받는다.

입에 막대를 물어 구멍 속 벌레를 꺼내는 행동은
그 지능과 적응력을 단적으로 보여준다.

이는 단순한 고정관념을 넘어
새롭게 재해석할 필요가 있음을 시사한다.

군견의 사례에서도
까마귀의 성향을 엿볼 수 있다.

독일산 세퍼트는
수인이 바뀌어도 새 주인에게 살 식응하기에
군견軍犬으로서 그 쓰임이 넓지만,

진돗개는
한 번 마음을 준 주인만을 따르는 일편단심의 성정 때문에
군견으로 활용하기에는 어려움이 있다.

까마귀 역시 그렇다.
충성심과 지혜가 깊어,
단순한 훈련이나 집단적 행동만으로 설명할 수 없다.

결국 까마귀는
검다는 이유만으로 평가절하될 존재가 아니다.

그 검은 깃털 속에는
깊은 지혜와 변치 않는 충성이 담겨 있으며,
오히려 그 검은 빛이 까마귀의 품격을 드러낸다.

까마귀를 바라보며 우리는 겉모습에 흔들리지 않고,
그 안에 담긴 지혜와
충성을 읽어낼 수 있는 눈과 마음을 가져야 한다.

8

불사조의 탄생

— 봉황, 시련 속에서 날아오르다

옛날,
온갖 화려함과 고귀함을 겸비한 상상의 새,
봉황이 있었다.

수컷을 봉鳳,
암컷을 황凰이라 부르며,
두 글자가 합쳐져 鳳凰이라 불렸다.

성군이 나타날 때만
하늘에서 내려오는 서조瑞鳥,

오동나무에만 앉고
대나무 열매만 먹는다는

전설 속 존재.

봉황은
또한 불의 새로,
불 속에서 다시 살아나며 재생과 부활을 상징했다.

태양과 달,
바람과 땅,
나무와 다섯 가지 덕이 모두 깃든
우주의 조화로운 상징이기도 하다.

특히 봉황의 신체 부위에 새겨진 무늬는
인간이 지향해야 할 최고의 가치를 담고 있다.

머리에는 높고 바른 성품을 상징하는
덕德,

날개에는 올바른 도리와 정의를 뜻하는
의義,

등에는 질서와 예의를 갖춘 몸가짐인
예禮,

가슴에는 어질고 사랑하는 마음인
인仁,

그리고 배에는 변치 않는 믿음과 신의를 의미하는
신信의 무늬가 깃들어 있으니,

이는 곧 봉황이라는 존재 자체가
우주의 질서와 인간의 도리가 완벽하게 결합한 상징임을 보여주는 것
이다.

한편,
옛날 한 마리 닭이 있었다.

그는 주인이 주는 먹이만 먹으며
안락하게 살았다.

그러나 친구들이
하나둘 잡혀가는 모습을 보고,

공포와 불안을 느낀 닭은
결국 탈출을 결심한다.

넓은 산속으로 달아났지만,
그곳은 짐승들이 우글거리는 위험천만한 세상이었다.

날개는 짧고 몸은 무거워 멀리 날 수 없었으며,
살아남기 위해 몸부림치며 도망칠 수밖에 없었다.

상처 입고 야위어 가는 날들 속에서,

닭은 조금씩 달라지기 시작했다.

시간이 흐르며 몸에는 긴 깃털이 돋아났고,
날개는 단단히 펼쳐졌다.

마침내 닭은 봉황으로 변하여
하늘로 힘차게 날아올랐다.

그 순간,
그는 더 이상 두려움에 눌리지 않는 존재가 되었다.

이 이야기는
단순한 동화가 아니다.
진정한 영웅이 되기까지의 과정을 보여준다.

고난과 시련은 인간을 단련시키고,
영혼과 인격을 깊게 만든다.

고생을 두려워하지 않고,
시련 속에서 성장한 자만이 불 속에서도 다시 날아오를 수 있다.

《삼국사기》를 편찬한 김부식은
일찍이 〈중니봉부仲尼鳳賦〉를 지어

성인聖人을 봉황에 비유하며,
스스로가 그 고결한 성인의 길을 따르기를 꿈꾸었다.

여기서 중니(仲니)는 공자를 뜻하며,
봉황이 나타나지 않음을 한탄했던 공자의 마음을 빌려
도道가 실현되는 세상을 갈구한 것이다.

봉황은 세속의 안락을 넘어,
시련 속에서 재생하고 성장하는 인간 정신의 상징이다.

그래서 우리는 배운다.
불 속에서도 날아오르는 힘은 평탄한 길이 아니라
시련의 길에서 길러진다는 것을.

봉황처럼,
고난 속에서 더욱 빛나는 존재가 되는 법을.

9

鳶飛魚躍(연비어약)

— 자연과 도리, 스스로를 살피는 삶

《시경詩經》〈대아 한록편〉에는
이렇게 적혀 있다.

"솔개는 날아 하늘에 이르고,
물고기는 연못에서 뛰논다."
[鳶飛戾天(연비려천), 魚躍于淵(어약우연)]

이를 줄여 鳶飛魚躍(연비어약)이라고 부르는데,
하늘과 땅, 위와 아래,
모든 사물이 각자의 자리에서 제 역할을 하는 모습을 뜻한다.

조선의 학자 서애 류성룡 선생은
이 구절을 이렇게 해석하였다.

"솔개가 날고 물고기가 뛰는 모습을
자사子思는 '도리 없는 곳이 없다'고 하였네.

부자에게는 부자의 도가 있고,
군신에게는 군신의 도가 있으며,

부부와 형제, 친구 사이,
그리고 모든 일과 만물에도 도리가 있네.
이는 하늘이 정한 자연의 본성에서 비롯된 것이지."

즉, 자연에는 법칙이 있고,
인간관계와 삶의 모든 면에서도
마땅히 지켜야 할 도리가 있다는 것이다.

류성룡 선생은
이어서 사람의 자세를 강조하였다.

"사람은 혼자 있을 때 더욱 몸가짐을 삼가야 하고,
날마다 해야 할 일을 잊지 않아야 하네.

사사로운 욕심으로
일부러 행동하거나 거짓을 꾸미는 일은 허용될 수 없지.

이것이 바로 맹자가 말한
'반드시 일삼는 바가 있다'는 뜻이며,

정자가 말한
'활발하고 긴요한 사람이 된다'는 의미와 통하네."

필자는 이 가르침을
자녀 교육에도 적용하였다.

《대학》에서 증자曾子가 말한
"열 눈이 보는 바이며, 열 손가락이 가리키는 바다."
[十目所視(십목소시), 十手所指(십수소지)]

라는 문장을 벽에 붓글씨로 적어 두었더니,
아이들은 장난스럽게

"CCTV네요."
라고 하였다.

그 순간,
필자는 미소 지으며 마음속으로 다시금 깨달았다.

"하늘이 부여한 본성을 알고,
마땅한 도리를 지키며 살아가는 삶,

혼자 있을 때조차 스스로를 살피는 마음
―이것이 바로 인간에게 필요한 올바른 자세구나."

오늘날을 살아가는 우리에게도 교훈이 된다.

학교에서든 직장에서든,

혼자 있을 때조차 정직하고 성실하며
다른 사람에게 피해를 주지 않도록
스스로를 살피는 마음이 필요하다.

친구를 배려하고,
맡은 일에 최선을 다해 수행하며,

작은 거짓과 욕심을 경계하는 태도가
바로 鳶飛魚躍의 정신과 연결된다.

즉, 鳶飛魚躍(연비어약)은
단순히 시 속의 표현이 아니라,

자연과 만물, 인간 사이에 깃든
도리와 본성을 이해하고,

스스로를 살피며 올바르게 살아가는
삶의 자세를 일깨워 주는 깊은 교훈인 것이다.

솔개와 물고기가
자기 자리에서 자연스럽게 움직이듯,

우리도 삶 속에서 자신의 도리를 지키고,
혼자일 때조차 올바른 마음을 유지하는 것이 중요하다.

V

예술과 인물

— 시와 이름의 이야기

이 장은
시와 예술,
그리고 인물의 삶 속에 담긴 이름과 운명의 의미를 탐구한다.

예술은
인간의 내면을 비추는 거울이며,

이름은
그 사람의 삶과 철학을 상징한다.

시인은
언어로 세상을 노래하고,

예술가는
붓과 행동으로 마음을 기록한다.

이 장은
그런 이들의 이야기를 통해
예술이 어떻게 인간의 정신과 이름의 본질을 밝혀왔는지를 보여준다.

'정지상과 김부식'은
시를 둘러싼 운명적 대화를 통해
문학이 정치와 권력 속에서 어떤 길을 걸어왔는지를 드러낸다.

'자객열전'은
의로움과 지기의 관계를 다루며,

목숨보다 신의를 중히 여겼던 인간 정신의 깊이를 보여준다.

'이순신의 이름'은
한 글자 한 글자 속에 깃든 기개와 책임의 힘을 되새기게 한다.

'최북崔北'은
자유분방한 예술혼과 재치로 삶을 불태운 화가의 초상을 그리며,

'김삿갓'은
풍자와 유머로 세상을 비춘 방랑 시인의 인간미를 전한다.

'황진이와 반달半月'은
여성 예술가의 섬세한 감성과 상징을 통해
시대를 넘어선 아름다움과 자존의 의미를 이야기한다.

'도연명陶淵明'은
세속을 벗어나 자연으로 돌아간 철학자로서,
진정한 자유와 평온의 길을 보여주고,

'세난說難'은
말의 어려움과 행함의 지혜를 대비시켜
언어와 행동의 균형을 묻는다.

마지막으로 《천자문》과 글자 공부'에서는
단순한 문자 학습을 넘어,

호기심과 사유가 함께할 때
비로소 진정한 배움이 완성됨을 말한다.

이처럼 이 장은
예술과 인물의 이야기를 통해,

이름과 시,
언어와 행위가 인간 정신을 어떻게 완성시키는지를 보여준다.

각 인물의 삶과 예술 속에는
한 시대의 가치와 인간의 본성이 담겨 있으며,

그 속에서 우리는
'아름다움이란 곧 진실을 향한 끊임없는 여정'임을 깨닫게 된다.

1

정지상과 김부식

— 시와 운명의 대화

고려 시대,
시와 문장으로 이름을 떨친 두 인물이 있었다.

시중 김부식과 학사 정지상이다.
그러나 두 사람은 서로 사이가 좋지 않았다.

이규보의 《백운소설白雲小說》에 따르면,
정지상은 한때 다음과 같은 시구를 읊었다고 한다.

"절에서 염불소리 끝나니,
하늘빛은 유리처럼 맑구나."
琳宮梵語罷(임궁범어파) 天色淨琉璃(천색정유리)

김부식은 이 시를 매우 좋아하여
자신의 시로 만들고 싶었으나,
끝내 허락을 받지 못했다.

나중에 정지상은
서경 천도 사건에 연루되어 김부식에게 죽임을 당했고,
그의 혼령은 무서운 귀신이 되었다.

어느 봄날, 김부식이 시를 읊었다.
"버들 빛은 천 가닥이 푸르고,
복사꽃은 만 송이가 붉도다."
柳色千絲綠(유색천사록) 桃花萬點紅(도화만점홍)

그러자 공중에서 정지상의 귀신이 나타나
김부식의 뺨을 치며 꾸짖었다.

"천 가닥, 만 송이를 누가 헤아려 보았느냐?
버들은 올올이 푸르고,
복사꽃은 송이송이 붉다
柳色絲絲綠(유색사사록) 桃花點點紅(도화점점홍)
고 하지 않느냐!"

김부식은 마음속으로 매우 싫어했지만,
귀신의 요구를 무시할 수 없었다.

어느 날 그는 절에 들러 변소에 들어갔다가

다시 정지상의 귀신과 마주쳤다.

귀신은 그의 급소를 잡고 물었다.
"술도 마시지 않았는데 어찌 얼굴이 붉느냐?"

김부식은 침착하게 답했다.
"건너편 산언덕 단풍이 얼굴에 비쳐서 붉다."

그러자 귀신은 더욱 힘을 주어 잡으며 물었다.
"무슨 가죽주머니냐?"

김부식은 털끝만큼도 동요하지 않고 받아쳤다.
"너의 아버지는 쇠주머니냐?"

결국 귀신이 더욱 힘차게 급소를 죄므로
부식은 결국 측간에서 죽었다고 한다.

이 사건은 단순히 유머와 공포의 이야기로 남지만,
그 안에는 깊은 시적 의미와 교훈이 담겨 있다.

잘 알려진 바와 같이,
고려 최고의 시인은 정지상이었으며,
이별의 정한情恨을 노래한 〈송인送人〉이 대표작이다.

김부식은
최고의 문장가로 《삼국사기》를 편찬했으며,

시에서도 정지상 다음가는 수준이었다.

이 이야기는
그가 정지상의 시에 얼마나 탐을 냈는지를 보여준다.

시는 짧은 글로 모든 것을 표현해야 하므로,
언외지언言外之言이 중요하다.

우리가 김소월의 〈진달래꽃〉에서
'영변에 약산 진달래꽃'이라는 구절을 접할 때,

직접 그 산천을 찾아가
시인이 거닐었을 당시의 상황을 상상해 보게 되는 이치와 같다.

시의 참맛은
눈에 보이는 글자 자체에 있는 것이 아니라,

그 글자가 독자의 마음속에 불러일으키는
아득한 여운 속에 있기 때문이다.

이는 화가가 부처를 그리면서
얼굴 뒤에 달빛月光을 남겨두어
보는 이의 마음에 상상의 여지를 주는 것과 다르지 않다.

그러나 김부식은《삼국사기》를 편찬하며 숫자에 익숙했기에,
'천 올', '만 송이'와 같은 표현은

상상의 나래를 펼치기 어려웠다.
따라서 정지상의 귀신이 '올올', '송이송이'로 바꾸도록 요구한 것이다.

또한 김부식의 담력도 돋보인다.
귀신이 급소를 잡고 위협하는 상황에서도,

"단풍이 비쳐서 얼굴이 붉다"라는 표현으로
시인의 감각을 지켜냈다.

이 사건은
단순한 공포와 유머를 넘어서,

시에서 숫자보다 감각과 상상의 여지가
얼마나 중요한지를 보여주는 사례로 남는다.

2

자객열전

— 의義와 지기知己의 이야기

《사기史記》의 〈자객열전〉은
조말曹沫에서 형가荊軻에 이르기까지
다섯 명의 자객 이야기를 기록한다.

이들은
모두 개인의 원한이나 은혜를 위해,
목숨을 아끼지 않고 행동한 인물들로,
'지기知己를 위해 죽은 자'로 평가된다.

豫讓(예양)
예양은 진晉나라의 사대부로,

자신을 알아주던 지백智伯이 한단邯鄲에서 멸문되자

복수를 결심하였다.

그는 말하였다.
선비는 자신을 알아주는 이를 위해 죽고,
여자는 자신을 사랑하는 이를 위해 화장한다.
[士는 爲知己者하여 死하고, 女는 爲說己者하여 容한다]

예양은
조씨를 여러 차례 암살하려 했으나 실패했고,
끝내 조씨가 타던 말이 갑작스레 놀라는 바람에 정체가 탄로나 죽고 말았다.
그의 행동은 후세에 지기를 위해 죽은 충절의 상징으로 전해진다.

荊軻(형가)
형가는 연燕나라에서 태자의 원한을 갚기 위해 진나라로 향하였다.

그는 진왕이 탐을 내는
번오기樊於期의 목과 연나라의 독항督亢 지도를 가지고 출발하였다.

출발 전,
친구 고점리高漸離가 축筑을 연주하자,
형가는 노래하였다.

바람은 쓸쓸하고 역수는 차가워라,
장부가 한번 떠나면 다시 돌아오지 않으리.
[風蕭蕭兮여 易水寒이라 壯士一去兮여 不復還이로다]

진왕이 독항 지도를 펼치는 순간,
형가는 비수를 꺼내 찌르려 했으나 시의가 약롱을 던져 저지하였다.

형가는 진시황의 왼쪽 다리를 베었으나,
좌우 시종에게 찔려 죽었다.

이 사건으로 진시황은 연나라를 멸하였다.
친구 고점리는
형가의 뜻을 이어 장님이 되어

궁정에서 축을 연주하며 암살을 시도했으나,
실패 후 처형당했다.

臧獲(장획)
장획은 진나라 말기,

군주를 위해 적국 장수를 암살하려 하였으나
붙잡혀 죽었다.

그의 이야기는
개인적 원한이 아닌 군주와 의리를 위한 헌신의 예로 기록된다.

高漸離(고점리)
고점리는 형가의 친구로,
형가가 죽은 뒤 장님이 되어 진시황을 공격하려 하였다.

그는 축을 연주하며 납덩어리를 숨기고 시도했으나 실패했고,
결국 처형당했다.
그의 죽음은 지기와의 약속을 지킨 충절의 사례로 기록된다.

樊於期(번오기)
번오기 역시 형가와 관련된 인물로,
연나라에서 진나라로 망명하였다가
진왕이 희망하는 자신의 목을 베어주어 형가에게 암살을 의뢰하였다.

그는 직접 적을 해치지는 않았지만,
친구와 나라를 위해 목숨을 걸고 행동한 인간적 용기를 보여준다.

〈자객열전〉은
단순한 암살 기록이 아니다.

사마천은 권력과 생명의 경계 속에서
의義와 지기知己를 위해 목숨을 던진 인간을 기록함으로써,
인간의 의리와 결단의 깊이를 드러내고자 하였다.

예양, 형가, 장획, 고점리, 번오기 모두
각기 다른 방식으로 목숨을 바쳤지만,

공통적으로 자신을 알아주는 사람을 위해,
혹은 믿음을 지키기 위해 생명을 던진 자객으로서 그 가치를 전한다.

3

이순신의 이름

— 이름이 지닌 힘

우리나라 사람이라면
이순신李舜臣을 모르는 이는 거의 없다.

그러나 그의 아버지가 이정李貞이라는 사실,
그리고 그의 이름이

단순히 무르기 좋은 이름이 아니라
깊은 뜻을 담고 있다는 점을 아는 사람은 의외로 적다.

훌륭한 인물의 탄생은 가정교육에서 비롯된다는 말이 있다.
이정은 그 점에서
참으로 탁월한 안목을 지닌 아버지였다.

그는 아들 넷을 두었는데,
각자의 이름 하나하나가 단순한 식별자가 아니라,
웅대한 뜻과 역사적 의미를 품고 있었다.

삼황오제三皇五帝 중 성왕들의 이름을 본떠,
큰아들은 이희신李羲臣,
둘째는 이요신李堯臣,
셋째는 이순신李舜臣,
막내는 이우신李禹臣이라 하였다.

복희伏羲, 요堯, 순舜, 우禹 ―
세상을 다스린 성왕들의 이름을 아들 이름으로 삼았다는 사실만으로도,
이정의 뜻이 얼마나 크고 웅대한지 짐작할 수 있다.

그는 단순히 이름을 짓는 것이 아니라,
아들이 훗날 지혜롭고 충성스러운 인물로 성장하기를 바라는 마음을
담았다.

그 가운데 셋째, 이순신이 '순舜'은
천하의 대효大孝로 이름난 성왕 순임금에서 따왔다.

여기에는 깊은 역설이 숨어 있다.
순임금의 아버지 고수瞽叟는
이름 자체가 '소경'을 뜻하는데,

그는 실제로 앞을 못 보는 장애인이었다기보다

곁에 있는 아들의 지극한 효성을 알아보지 못한 '마음의 소경'에 가까
웠다.

아버지가 자신을 죽이려 하는 가혹한 상황 속에서도
순임금은 원망치 않고 효를 다하여 끝내 아버지를 감화시켰다.

이순신의 아버지 이정은
바로 이 점을 간파했을 것이다.

설령 세상이 몰라주고 임금이 외면하는 고통스러운 상황이 올지라도,
순임금처럼 묵묵히 도리를 다하는
충신이자 효자가 되라는 염원을 '순舜'이라는 글자에 새겨 넣은 것이다.

이순신은
역사 속에서 자신의 이름에 걸맞은 삶을 살았다.

단순히 '장군'이라는 타이틀에 머물지 않고,
나라와 백성을 위해 충성을 다하며,

자신의 목숨조차 아끼지 않았다.
이름에 담긴 뜻이 행동으로 증명된 것이다.

요즘처럼 '부르기 쉬운 이름'을 찾는 시대와 비교하면,
이순신의 이름은 단순한 식별자가 아니라
장대한 품격과 깊은 의미를 가진 작명이었다.

그의 이름은 곧 아버지의 뜻과 시대적 이상,

그리고 인간의 의리를 함께 담아낸 상징이라 할 수 있다.

4

최북崔北

― 오만과 재치의 화가

崔北(최북, 1712~1760)은
조선 후기의 화가로,

《진벌휘고속편震閥彙考續篇》〈화가들名畵〉에
소개된 그의 일화들은
그의 생애와 성격을 잘 보여준다.

49세의 나이로 세상을 떠난 그는
시에 능하고 술을 즐겼으며,

성격은 뻣대고 거만하여
주변 사람들을 놀라게 하는 사건이 많았다.

그는 자신의 이름인 北(북)자를 좌우로 쪼개어
스스로 '七七(칠칠)'이라는 호를 지어 불렀다.

이는 자신의 존재를 파격적인 유희로 삼았던 그의 기개를 보여주는데,
훗날 사람들은 그가 49세에 세상을 떠나자

이를 7×7=49로 연결하며
그의 죽음을 암시한 예언적 호였다고 상징적 의미를 부여하기도 했다.

최북의 오만함을 보여주는 대표적 사건 중 하나는
어느 고관을 만났을 때 일어난 일이다.

고관이 최북을 가리키며 주인에게
"저 나그네의 성은 무엇인가?"라고 묻자,

최북은 얼굴을 치켜들며
"그대의 성이 무엇인지 먼저 묻겠소"라고 답하였다.

그의 당당함과 오만함이
단적으로 드러난 순간이었다.

또한 금강산 여행 중 구룡연에 이르렀을 때,
그는 갑자기 크게 부르짖으며

"천하의 名士(명사)는
천하의 名山(명산)에서 죽어야 족하다"라고 말하고

연못에 뛰어들어 거의 죽을 뻔했다.

이 사건은
그의 극단적 표현과 명예 지향적 기질을 잘 보여준다.

한편, 한 귀인이 그의 그림을 요구했지만
받지 못하자 협박을 시도하였는데,

최북은 성을 내며
"남들이 나를 저버리지 않았는데
내가 곧 스스로를 버려야 한다"라고 말하고
스스로 한쪽 눈을 찔러 애꾸가 되었다.

이 사건은
그의 자존심과 독특한 사고방식을 극명하게 보여주는 사례로 전해
진다.

최북의 그림에는
이러한 성격이 그대로 반영되어 있다.

그는 금강산과 구룡연 등 명승지를 즐겨 그렸으며,
산수화에서는 현장감과 생동감을 살린
대담한 필치와 기발한 상상력이 돋보인다.

때로는 전통적 화법을 과감히 변주하며
자유롭고 독창적인 구도로 표현함으로써

그의 성격과 기개가 화폭 속에서도 드러나도록 하였다.

그의 삶과 행동은
당대 사람들에게 충격과 흥미를 동시에 주었는데,

권위나 부에 쉽게 굴복하지 않고
자신의 원칙과 명예를 중시하며,
극단적 사건 속에서도 자신의 신념을 지켜냈다.

그가 스스로 지은 호 '칠칠七七' 속에 담긴 파격과
그가 세상에 머문 시간은 묘하게 맞물려,
최북이라는 인물 자체를 하나의 거대한 시적 상징으로 완성시켰다.

최북의 삶과 이름, 행동, 예술 세계는
서로 맞물리며 조선 후기 인물 연구에서

인간과 예술,
상징이 어떻게 연결되는지를 보여주는 중요한 사례가 된다.

그는 괴팍하다 평할 수도 있으나,
그 속에서 자유로운 정신과 예술적 용기,
인간적 깊이를 발견할 수 있으며,

그의 이야기와 그림은 단순한 일화나 작품을 넘어,
인간과 예술,
이름과 운명이 얽힌 상징적 삶을 조명하는 기록으로 남는다.

5

김삿갓
— 방랑과 재치의 시인

김삿갓,
본명 김병연은 조선 후기의 방랑 시인으로,

평안도 宣川(선천)의 부사였던 할아버지 金益淳(김익순)이
홍경래의 난 때 투항한 죄로
집안이 멸족을 당한 비극적 가문에서 태어났다.

김병연은
이 사실을 알지 못한 채 과거에 응시하여,
조상을 조롱하는 시제로 장원급제하였으나

이후 어머니에게 자신의 내력을 듣고
조상을 욕되게 한 죄책과 폐족에 대한 멸시로

방랑의 길에 오르게 된다.

그는 스스로를
"푸른 하늘을 볼 수 없는 죄인"이라 여기며
삿갓을 쓰고 죽장을 짚고 방랑하며 세상을 떠돌았다.

김삿갓의 재치는
일상 속에서도 빛을 발하였다.

한 번 친구 집을 방문했을 때 점심 식사 시간,
부엌에서 며느리가 무엇을 준비할지 고민하며 시아버지에게 묻자,

며느리의 질문과 시아버지의 답,
그리고 김삿갓과 하인의 응수가
모두 한자 형태를 활용한 언어유희로 이어졌다.

인양복일호이까?(며느리)
人+良, 卜+一는 '食上'
즉 밥상을 올릴까요?를 뜻하고,

월월산산커든(시아버지)
月+月, 山+山은 '朋出',
벗이 가거든이라는 의미였으며,

여구시자라(김삿갓)
女+口, 豕+者는 '如豬',

돼지 같은 놈을,

정구죽천이로다(집안 하인의 말)
丁+口, 竹+天은 '可笑',
가히 우습다를 의미하였다.

김삿갓은 한자의 형태와 결합을 이용하여
재치 있는 대화를 주고받으며 주변 사람들을 놀라게 했다.

여름날 그는 시골을 지나며
伏(복)날 개를 잡고 시 짓기 대회가 열린 마을에 들렀는데,

선비들이 모여 시를 짓는 모습을 보고는
그 수준이 낮다고 생각하며
"口尙乳臭(입에서 젖 냄새가 난다)"라며 풍자했다.

선비들이 화를 내자
김삿갓은 말을 바꾸어 "狗喪儒聚(개 초상에 선비가 모였다)"라고 설명하며

상황에 맞는 적절한 표현임을 보니,
선비들은 사죄하고 술을 권했다.

김삿갓의 시 〈스므나무 아래二十樹下〉에서도
그는 현실과 인간사의 부조리를 재치 있게 드러냈다.

스무二十 나무 아래 서러운(서른, 三十) 손님에게

이십수하삼십객二十樹下三十客

망할(마흔, 四十) 놈의 집구석에서 쉰五十 밥을 주는구나.
사십가중오십식四十家中五十食

인간 세상에 어찌 이런(일흔, 七十) 일이 있는가.
인간기유칠십사人間豈有七十事

차라리 집에 돌아가 서른(설은) 밥을 먹느니만 못하구나.
불여귀가삼십식不如歸家三十食

스무 나무 아래 앉은 서러운 나그네에게
쉰 밥을 내어주는 인색한 인심을 꼬집은 것이다.

김삿갓의 시적 감각은
성리학과도 대비된다.

성리학을 집대성한 주희朱熹는
그의 시「관서유감觀書有感」에서

"하늘빛과 구름 그림자가 연못에 함께 감돈다
天光雲影共徘徊"라고 노래했다.

주희는 정자 앞 연못에 비친 하늘을 보며,
저토록 투명한 반영이 가능한 것은
오직 연못의 물이 맑기 때문임을 깨달았다.

그는 연못의 물이 맑기 위해
끊임없이 솟아나는 근원源頭活水이 있어야 하듯,

인간 역시 학문과 수양을 통해 마음의 근본인
본성本性을 맑게 다스려야 한다는
도학적道學的 성찰을 이 구절에 담아낸 것이다.

하지만 김삿갓은 이를 유머와 재치로 재해석하였다.
가난한 집에서 대접받은,

쌀알보다 물이 많아 하늘이 다 비치는 묽은 죽 한 그릇을 앞에 두고
그는 주자의 시구를 빌려와 이렇게 읊었다.

다리 넷인 소반에 죽 한 그릇,
하늘빛과 구름 그림자가 배회하네
주인아 면목 없다 하지 마소
나는 푸른 산이 거꾸로 비치는 풍경을 사랑한다오.

[四脚松盤粥一器(사각송반죽일기) 天光雲影共徘徊(천광운영공배회)
主人莫道無顏色(수인막도무안색) 吾愛靑山倒水來(오애청산도수래)]

주희에게 연못이
'본성을 비추는 수양의 거울'이었다면,

김삿갓에게 죽 그릇은
'온 천하를 담아낸 풍류의 장'이었다.

그는 주인에게는 미안함을 덜어주면서,
자신은 가난한 죽 한 그릇 속에서도
대자연을 마시는 자유인임을 자처한 것이다.

이를 통해 김삿갓은 성리학적 틀을 넘어,
일상의 즐거움과 자연에 대한 감각,

유머와 풍자를 시 속에 녹여내며,
방랑과 자유, 재치와 풍자를 아우르는
인간적 풍모를 보여준다.

6

황진이와 반달半月

― 여성 예술과 상징

황진이黃眞伊는
조선 중기 기녀이자 시인으로,

당시 사회에서 흔치 않은
예술적 재능과 지성을 갖춘 인물이었다.

그녀는
단순히 아름다운 외모와 풍류만으로 주목받은 것이 아니라,

시와 음악, 춤 등
다방면에서 뛰어난 능력을 발휘하며
선비와 문인들에게 깊은 인상을 남겼다.

황진이는 특히 달을 주제로 한 시에서
독창적 발상을 보여주었는데,
반달[半月]을 처음으로 노래한 인물로 평가받는다.

누가 곤륜산의 옥을 깎아서,
재단하여 직녀의 빗을 만들었나?
견우가 한번 떠난 뒤에,
슬픔에 젖어 푸른 허공에 던진 것을

誰斲崑山玉(수착곤산옥) 裁成織女梳(재성직녀소)
牽牛一去後(견우일거후) 愁擲碧空虛(수척벽공허)
라 읊으며
인간 감정과 자연 현상을 시적으로 결합하였다.

여기서 牽牛(견우)와 織女(직녀)는
각각 소를 모는 목동과 옷감을 짜는 여인을 의미하는데,

전설 속에서 두 사람은 뛰어난 솜씨로
옥황상제에게 인정받아
육지로 여행을 떠났다가 사랑에 빠졌고,
그 후 업무태만으로 인해
7월 7일 단 한 번만 오작교에서 만날 수 있게 되었다.

곤륜산의 옥으로 만든 빗은
직녀가 견우에게 느낀 사랑의 상징이지만,
옥황상제의 제한으로 두 사람의 만남이 어려워지자,

황진이는 자신의 안타까움과 허탈함을
옥 빗을 허공에 던져 반달로 형상화하였다.

이 '빗'이라는 소재는
여성에게 단순한 장신구 그 이상의 의미를 지닌다.

한자 每(매양 매)를 파자해보면,
비녀를 꽂은 어머니母의 머리 위에
정성스러운 장식艹이 더해진 형상임을 알 수 있다.

이는 어머니가 매일 아침 거울 앞에 앉아
머리를 정갈하게 빗어 넘기며 하루를 시작하던
지극한 일상과 정성을 의미한다.

즉, '매일'을 뜻하는 글자 속에
여인이 머리를 다듬는 행위가 담겨 있다는 사실은,

머리카락이
곧 여인의 삶 그 자체이자 꺾이지 않는 자존심임을 증명한다.

여인들이 다툴 때
가장 먼저 상대의 머리채를 거머쥐는 본능적인 행동을 보이는 것도,

결국 상대가 지닌 가장 소중한 가치와 근본을 제압하겠다는
심리가 저변에 깔려 있는 것이다.

황진이는
바로 그 여인의 분신이자
'매일每'의 정성이 담긴 '빗'을 하늘에 던져버렸다.

사랑하는 임(견우)이 떠나버린 마당에
더 이상 머리를 매만지고 단장할 이유가 사라진
극도의 허무를 반달이라는 시각적 이미지로 치환한 것이다.

이는 자신의 자존심이자 생명과도 같은
빗을 포기할 만큼 깊은 이별의 상징적 결단이라 할 수 있다.

황진이에 관한 흥미로운 일화로,
뒷집 총각이 그녀를 그리워하다
상사병으로 죽었다는 이야기가 전해지며,

滄江(창강) 金澤榮(김택영)의
《韶濩堂集(소호당집)》 8권에는

그 총각이 황진이를 사모하다 겁탈을 시도했으나
실패하고 죽었다고 기록되어 있다.

또한 황진이는
이별의 감정을 담은 5언 8구의 율시를
앉은 자리에서 지을 만큼 뛰어난 시적 재능을 보였으며,

판서 蘇世讓(소세양)이

다른 곳으로 부임해 황진이와 이별해야 했을 때,

그녀가 시로 슬픔을 읊자
그는 화답하지 못하고
창피한 나머지 하루를 더 머물렀지만

결국 시를 완성하지 못하고
"미안하다"라 하며 떠났다.

후대 시인들 또한
황진이를 그리워하였다.

호남파 대표 시인이자
바람둥이로 알려진 白湖(백호) 林悌(임제)는
황진이의 무덤을 찾아가

"청초 우거진 곳에 자는가? 누웠는가?"라 읊으며
같은 시대에 그녀를 만나지 못한 한스러움과 안타까움을 표현하였다.

황진이의 시와 예술적 감각은
단순한 풍류나 사랑의 기록을 넘어,

인간의 감정과 심리를 정교하게 담아내며
시대적 한계를 넘어서는 자유로운 상상력과 예술적 품격을 보여준다.

그녀는 기녀라는 사회적 신분 속에서도

지성과 감각을 통해 문인과 선비들의 존경을 받았으며,

삶과 예술, 사랑과 인간관계를 동시에 아우른 인물로서,
후대에 이르기까지 예술과 인간적 매력의 상징으로 남아 있다.

황진이와 반달[半月]의 이야기는
단순한 달과 사랑의 상징을 넘어,

여성의 내면, 시대적 상황,
인간의 감정과 심리까지 섬세하게 표현한

뛰어난 문학적 발상으로 평가되며,
조선 중기 문화와 예술을 이해하는 중요한 기준이 된다.

7

도연명陶淵明
― 돌아감의 철학

歸去來辭(귀거래사)란
문자 그대로 "돌아가자"라는 뜻으로,

여기서 來(올 래) 자는 단지 허사飾詞로서
문장 흐름을 돕는 역할만 할 뿐 의미 전달에는 큰 비중이 없다.

도연명은
벼슬을 버리고 고향으로 돌아가
자연과 더불어 사는 삶을 노래하였으며,

작품은
세속의 얽매임에서 벗어나
본래의 마음으로 돌아가려는 결단의 기록이라 할 수 있다.

"돌아가자! 전원이 황폐해지려 하는데
어찌 돌아가지 않겠는가?"라는
외침으로 시작하여

이미 마음을 육신의 노예로 삼은 지난 세월을 반성하면서도
"지난 일은 탓해도 소용없고,

앞으로 올 일은 바른 길을 따를 수 있다"고
스스로 다짐한다.

여기서 배의 흔들림은
작가의 설레는 마음이 실린 경쾌한 춤사위이며,

옷깃을 스치는 바람은
고향 집으로 한시라도 빨리 보내주려는 자연의 다정한 재촉이다.

작가는 자신이 느끼는 환희를
무생물인 배와 바람에 투영하여,

온 우주가 자신의 귀향을 반기고 밀어붙이는 듯한
역동적인 형상으로 표현해낸 것이다.

마침내
고향의 조그만 집이 눈앞에 보이자
그는 기뻐 달려가 머슴아이의 환영을 받고
아이들이 문에서 기다리는 따뜻한 귀향의 정경을 맞는다.

세 갈래 오솔길은 잡초로 덮였으나
소나무와 국화는 여전히 남아 있어
변하지 않은 은자隱者의 상징이 된다.

남쪽 창가에 기대어 의기양양해하며
작은 집에서도 편안함을 느끼는 그는

날마다 전원을 거닐고
문을 달았으나 항상 닫은 채 외부와의 왕래를 끊는다.

지팡이를 짚고 쉬다가
고개를 들어 바라보면

구름은 산골짜기에서 피어나고
새들은 둥지로 돌아가니,

모든 생명은
제자리를 찾아가는 자연의 순환 속에 있다.

그는 다시
"돌아가자!"를 외치며

세상과 단절하고 교제를 끊으며
벼슬길로 나아갈 이유가 없다고 말한다.

친척과 담소를 나누고 거문고를 타며 책을 읽어 시름을 달래고,

봄이 왔다고 농부가 알려오면 서쪽 밭두둑의 농사일을 살피며,

때로는 깊은 골짜기를 찾아 떠나거나
험한 산을 넘어 언덕을 지나면서,

가지를 뻗은 나무와 졸졸 흐르는 샘물 속에
자연의 생기를 느낀다.

"그만두어라! 남아 있을 날이 얼마이겠는가?"라며
덧없는 인생을 자각하고

마음을 대자연의 섭리에 맡긴 채
떠남과 머묾조차 인위적으로 하지 않는다.

부귀를 바라지 않고 상제의 세계를 기대하지 않으며,
좋은 철을 맞이하면 혼자 거닐고
때로는 지팡이를 세워 김을 매며,

동쪽 언덕에 올라 휘파람을 불고
맑은 시냇가에서 시를 짓는다.

결국 그는
조화의 수레를 타고 일생을 마치려 하니
주어진 천명을 즐길 뿐이라 말한다.

이 작품의 작가 도연명陶淵明은

중국의 대표적 전원시인이자 은자의 표상으로,

그의 주제는
벼슬을 버리고 고향으로 돌아가
세상과 타협하지 않으며 자연과 더불어 사는 삶에 있다.

문학적으로는 전원시의 백미로 평가받으며
후대의 선비들에게 큰 영향을 주었다.

작품 속에서
'세 갈래 오솔길은 황폐해졌으나'라는 구절의

三徑(삼경)은
은자를 상징하고,

'외로운 소나무를 어루만지며 서성이도다'라는
盤桓(반환)은
은자의 고요한 정서를 드러내며,

'무릎 하나 들일만 한 작은 집이시만 편안함을 일껐노라'는
審容膝之易安(심용슬지이안)은

좁고 소박한 공간 속에서도 만족을 아는
평온한 삶의 태도를 표현한다.

결국 귀거래사는

세속의 부귀를 거부하고

자연 속에서 진정한 자유와 평화를 찾으려는
인간의 귀의歸依를 노래한 작품으로,

도연명의 삶과 시심이 완전히 일치한 전원적 선언이자,
자연 속으로의 '귀향'을 통해

인간 존재의 본래 자리를 되찾으려는
철학적 성찰이 담긴 노래라 할 수 있다.

8

說難(세난)
— 말의 어려움과 행동의 지혜

한비자韓非子는
한나라 제후의 서자로 태어나

형명刑名과 법술法術을 깊이 탐구했으며,
사상은 황로학黃老學에 바탕을 두었다.

그는 말더듬이였지만
저술 능력은 뛰어나,

이사李斯와 함께 순자荀子에게 배우면서
이사조차 자신이 한비보다 뛰어나지 못하다고 느낄 정도였다.

한비자가 남긴《한비자》에는

'말이란 참으로 어렵다'는 의미의
〈說難(세난)〉이 포함되어 있다.

이 글에는 두 가지 흥미로운 사례가 전해진다.
첫째, 옛날 정무공鄭武公의 이야기다.

정무공은 오랑캐를 정벌하기 위해
일부러 딸을 오랑캐 두목에게 시집 보내 관심을 끌었다.

하루는 신하들에게 물었다.
"내가 전쟁을 하려는데 어느 나라를 칠까?"

대부 관기사關其思는
"오랑캐를 치는 것이 좋습니다"라고 답했지만,

무공은 성을 내며 그를 죽였다.
"오랑캐는 형제의 나라이다. 그대가 어찌 치려 하는가?"

오랑캐 두목은 정나라와 친하다고 믿고 방비를 소홀히 했고,
결국 정나라는 기습으로 땅을 빼앗았다.

둘째, 송나라의 한 부자의 사례다.
어느 날 비가 내려 담이 무너졌다.

부자의 아들은
"담을 쌓지 않으면 도둑이 들 것입니다"라고 말했고,

이웃집 어른도 같은 말을 했다.

날이 저물자 많은 재물을 도둑맞았고,
아들은 현명하다고 칭송받았지만,
이웃 어른은 의심을 받았다.

이 두 사례는
모두 올바른 말을 했음에도, 결과는 달랐다.

여기서 우리는 한비자가 말한 '세난說難',
즉 설득의 어려움을 뼈저리게 느낀다.

이는 훗날
진나라의 상국이 된 장이張儀의 일화와 묘하게 대비된다.

장이는 유세 중에 도둑으로 몰려 죽도록 매를 맞고 돌아온 날,
걱정하는 아내에게 "내 혀가 아직 붙어 있는지 보시오"라고 물었다
한다.

혀만 있다면
천하를 다시 가질 수 있다는 장이의 배짱과 달리,

한비자는 그 혀를 언제,
어떻게 놀려야 하는지의 치명적인 위험성을 경고한 것이다.

장이에게 혀가 '기회'였다면,

한비자에게 혀는 '칼날'이었다.

정무공의 대부는
먼저 말한 이유로 죽음을 맞았고,

이웃 어른은
의심을 받았다.

여기서 드러나는 핵심 교훈은 명확하다.
한비자가 강조했듯,

알기가 어려운 것이 아니라,
앎을 상황에 맞게 올바르게 행하기가 어렵다는 사실이다.

현대적 맥락으로 보면,
직장이나 사회에서도 비슷한 상황을 볼 수 있다.

회의에서 누구나 알고 있는 문제를 지적했지만,
타이밍과 맥락, 상사나 동료의 감정을 고려하지 않으면
오히려 불이익을 받을 수 있다.

반대로 적절한 시기와 방법으로 말하면,
칭찬과 신뢰를 얻는다.

즉, 지식과 판단력만으로는 충분하지 않으며,
상황 판단과 신중한 행동,

상대를 이해하는 지혜가 반드시 필요하다.

한비자 자신 역시 역설적이게도
뛰어난 저술로 진시황의 마음을 사로잡았음에도,
친구였던 이사의 시기와 '말의 어려움'을 극복하지 못해
죽음을 맞이했기에,
그의 경고는 오늘날에도 생생하게 와 닿는다.

《세난》은
단순히 말의 기술이 아닌,

행동과 말, 타이밍과 상황의 조화가
얼마나 중요한지를 일깨워 주는 교훈이다.

9

《천자문》과 글자 공부

— 호기심과 생각이 먼저다

조선 후기의 학자 정약용은
《천자문》을 비판하며,

글자를 단순히 외우는 것만으로는
올바른 학습이 이루어질 수 없다고 강조했다.

그는 글자가
본래 세상을 분류하고 표현하기 위해 만들어진
도구라고 보았기 때문에,

글자를 제대로 배우려면 모양과 의미,
그리고 서로 다른 글자와의 관계를 이해하며 익혀야 한다고 말했다.

그러나 《천자문》은
글자를 운에 맞추어 억지로 배열했기 때문에,
초보 학습자가 익힐 필요가 없는 글자들도 포함될 수밖에 없었다.

정약용은 이 점을 지적하며,
단순 암기가 아니라 구조와 원리를 이해하는
학습의 중요성을 강조했다.

이와 관련된 재미있는 사례가
연암 박지원의 《연암집》에도 전해진다.

연암은 한 마을 아이에게 천자문을 가르치고 있었는데,
아이는 금세 질문을 던졌다.

"하늘을 보니 푸르고 푸른데,
'天'이라는 글자는 왜 파랗지 않나요?"

이 질문을 들은 연암은 이 아이의 직관이
글자를 처음 만들었다는 창힐蒼頡의 솜씨를 능가한다고 높이 평가했다.

또 어떤 아이는 물었다.
"하늘의 해는 둥근데,
왜 '日'자는 각이졌어요?"

한자는 옛날 칼로 새겨 만들어졌기 때문에,
한자는 동그라미로 표현할 수 없다고 말했다.

한번은 필자가 아이들을 가르치면서,
"'鼻(코 비)'자는
코를 본뜬 自(자)와
음을 나타내는 畀(줄 비)로 구성된 글자란다.

自는 원래 코를 뜻했지만,
나중에는 '자기', '~로부터' 같은 의미로도 쓰였고,
결국 畀를 더해 코를 나타내게 되었어."

아이의 눈은 반짝였다.
그리고 스스로 이렇게 말했다.
"자전거네요."

자自+전田+거卅로 본 것이다.
아이의 말은 단순히 웃음을 주는 것이 아니라,

복잡한 글자도
자신의 경험과 관찰을 통해 연결하며 이해할 수 있다는
놀라운 통찰을 보여주었다.

단순히 글자를 외우는 것은 의미가 없고,
글자의 모양과 의미,

그리고 서로 다른 글자와의 관계를
이해하는 학습이 필요하다는 것이다.

또한 호기심과 관찰,

스스로 생각하는 힘이 함께할 때,

글자 공부는 세상을 이해하는 힘으로 이어질 수 있다.

오늘날에도 마찬가지다.

책이나 교과서에서 외우기만 하는 공부보다.

글자의 의미와 구조를 이해하며

생각을 확장하는 학습이 훨씬 효과적이다.

글자 하나에도 숨겨진 역사와 원리가 있고,

이를 이해하려는 호기심과 질문이

바로 지식과 지혜를 키우는 첫걸음이 된다.

실제로《千字文(천자문)》에는

竝[병, 竝皆佳妙(병개가묘)]과

幷[병, 百軍秦幷(백군진병)]의

같은 자가 두 번 들어 있어서,

사실 1,000자가 아니라 999자에 불과하다.

이처럼 글자 하나에도 주의 깊게 관찰하면

흥미로운 사실과 학습의 의미를 발견할 수 있다.

VI

글자와 놀이, 구조 속 지혜

— 창의와 사유

이 장은
글자를 단순한 지식의 대상이 아니라
놀이와 사유의 원천으로 바라본다.

글자는 사람의 생각이 응축된 도형이며,
그 구조 속에는 창의와 철학이 깃들어 있다.

배움의 즐거움과 깨달음이 한데 어우러질 때,
글자는 지루한 암기가 아니라 생동하는 놀이가 된다.

'정신을 깨우는 攵(칠 복)'은
글자의 구성 속에 담긴 의지와 행동의 의미를 풀어내며,
문자의 힘이 인간의 정신을 일깨우는 과정을 보여준다.

'주말 오후, 한자와 웃음'은
여유로운 일상 속에서 글자를 즐기는 배움의 유희를 담고,

'주酒와 사람 이야기'는
술 한 잔 속에 비친 인간사의 풍경과 정서를 그린다.

'연목구어緣木求魚'는
사자성어를 통해 한자의 다층적 의미와 사고의 폭을 확장하고,

'닭을 타고 돌아가다'는
해학 속에 숨은 재치와 통찰을 전한다.

'웃음과 말의 지혜'는
삶 속에서 유머와 언어가 어떻게 인간의 지혜로 이어지는지를 보여주며,

'놀이로 여는 글자의 세계'는
성냥개비나 쪽지 같은 소소한 사물 속에서도
글자의 원리를 깨닫는 즐거움을 전한다.

'수水의 문자 철학'은
흐름 속에 깃든 지혜를 보여주며,
유연하면서도 본질을 잃지 않는 삶의 자세를 일깨운다.

이처럼 이 장은
글자의 구조와 변화를 통해 창의적 사고와 놀이의 지혜를 일깨운다.

글자를 배우는 일은 단순한 학습이 아니라,
생각을 확장하고 세상을 새롭게 바라보는 과정이다.

놀이와 유희 속에서 피어나는 깨달음이야말로
지식이 지혜로 바뀌는 순간이다.

1

정신을 깨우는 攴(칠 복)
— 글자의 힘

覺(깨달을 각)은
見(볼 견)과
음을 나타내는 學(배울 학의 변형)으로 이루어진 글자이다.

'배워서 확실히 본다'에서 비롯된 뜻이니,
배우는 일은 곧 눈을 뜨는 일이기도 하다.

또 다른 해석도 있다.
절구통臼에 회초리爻를 쌓아둔 모습을 보고見,
정신이 번쩍 들어 깨닫게 된다는 것이다.

그래서인지 절에 계신 스님들의 법명에는
覺(각) 자가 유난히 많다.

배움의 자리에서도 마찬가지이다.

학생은 왜 왔을까?

배우러學 왔다.

선생은 왜 왔을까?

가르치러敎 왔다.

學(배울 학)은

아이子가 절구통臼에 회초리爻를 가득 담고

'맞으러 온' 모습에서 비롯되었다.

[원래는 새끼 꼬는 법을 배우러 온 모습이라고 한다.]

敎(가르칠 교)는

아이 앞에 회초리爻를 모아두고

치는 모습(攵: 칠 복)에서 비롯되었다.

[마찬가지로 새끼 꼬는 법을 가르치는 모습이다.]

즉, 학생은 '맞으러' 오고,

선생은 '때리러' 온 셈이다.

많이 맞을 각오가 된 학생이 착한 학생이며,

언제든 정신을 깨워줄 준비가 된 선생이 훌륭한 선생이다.

그래서 敎師(교사), 敎鞭(교편, 채찍 편), 鞭撻(편달, 채찍 달)에는

모두 '때림'의 뜻이 담겨 있지만,

여기서 攵(칠 복)은 결코 폭력을 뜻하지 않는다.
정신을 일깨우는 '깨달음의 매'임을 기억해야 한다.

이런 맥락에서 敎學相長(교학상장)은,
가르치고 배우는 일이
서로의 성장을 이끌어 간다는 뜻으로 이해할 수 있다.

또 다른 글자들을 보면,
그 의미가 더욱 흥미롭다.

到(이를 도)는
몸이 도착함을 뜻하지만,

致(이를 치)는
마음과 정신이 도달함을 의미한다.

開(열 개)는
문을 여는 것이고,

啓(열 계)는
집집마다 회초리를 들고 다니며 깨우치는啓蒙 일을 뜻한다.

改(고칠 개)는
자신을 채찍질하며 스스로 고치는 것이고,

敏(민첩할 민)은

'매일每' 매를 맞은 결과 얻어진 민첩함이다.

이런 정신으로 실糸을 모은다면,
결국 번성繁하여 풍요로워질 것이다.

배움과 깨달음이 몸과 마음을 두루 채우는 과정,
바로 그것이 攵(칠 복)이 전하는 깊은 의미이다.

2

주말 오후, 한자와 웃음

— 여유와 배움

비 오는 주말 오후,
아버지와 대학교에 다니는 두 아들이
거실에서 TV를 보고 있었다.

갑자기 아버지가 물었다.
"오늘이 무슨 요일이지?"

둘째 아들이 손가락을 꼽으며 대답했다.
"月(월)火(화)水(수)木(목)金(김)士(사)日(왈)"

첫째 아들은 고개를 갸웃하며 소리쳤다.
"바보야!
月(월)火(화)水(수)木(목)金(김)土(토)日(일)이지!"

아버지는 기가 막혀 외쳤다.
"야, 이놈들아! TV 끄고 공부해라. 책 가져와!"

두 아들은 서로를 바라보며 물었다.
"무슨 책요?"

아버지는 단호하게 말했다.
"《왕편王篇》가져와라!"

한편, 주말 점심을 준비하려던 어머니는
이 광경을 보고 한숨을 쉬며 말했다.

"오늘 점심은 간단히 먹자. 라면 좀 사와라."
"무슨 라면요?"
"幸(행) 라면으로 사오렴!"

돌이켜 보면,
두 형제가 저지른 작은 오류가 재미있다.

'月火水木金土日'에서
金을 '김',
土를 '사',
日을 '왈'로 읽었고,

《왕편王篇》은
원래《玉편(옥편)》이며,

'辛 라면'은
사실 '辛(신) 라면'이었다.

요즘은 이런 한자조차 모른 채
단순히 한글로

'푸라면'이라고 부르는 경우도 있으니,
조금 씁쓸하기도 하다.

특히 麵(밀가루 면)은
뜻을 나타내는 麥(보리 맥)에
음을 나타내는 面(낯 면)으로 구성된 형성자이다.

왜 이렇게 만들었을까?
麥(보리 맥)은 원래 '보리를 밟고 오다'는
來(올 래)에서 유래된 자이고

여기에 面(낯 면)을 더했으니,
찾아 온 손님을 만나면 먹는 음식이 국수가 아니었을까?

또한 뜻을 나타내는 麥(보리 맥)이
처음에는 보릿가루로 쓰이다가,

나중에는 '밀가루'로,
현재는 '라면'으로까지 그 의미가 확장된 것으로 볼 수 있다.

이처럼 이 짧은 이 일화 속에는
한자 학습의 재미와
세대 간 지식 차이가

유머러스하게 담겨 있으며,
작은 실수 하나에도 웃음과 깨달음을 함께 느낄 수 있다.

3

주酒와 사람 이야기

— 인간사의 풍경

술에 얽힌 이야기는 세상 어디에나 있다.

옛사람들은 술 한 잔에 시를 읊고 철학을 논했으며

때로는 인생을 망치기도 했다.

시선詩仙 이백李白은

"술 석 잔이면 대도와 통하고, 한 말이면 자연과 합한다

三盃通大道(삼배통대도)요 一斗合自然(일두합자연)이라]"고 하여

술이 단순한 음료가 아니라

하늘과 통하는 문임을 보여주었고

반면 남공철南公轍은

《금릉집金陵集》의 〈주잠酒箴〉에서

"술 깬 뒤 술 취한 자를 보고,
사람들이 내 취한 모습을 보고 웃었음을 알았다."라고

고백하며 부끄러움 속에서 자신의 허물을 깨닫고
다시는 같은 실수를 하지 않겠다고 경계했지만
세상에 술을 끊는 일은 얼마나 어려운가.

그는 결심을 다지며 벽에
"다시 술을 마신다면 개새끼다!
[更飮酒則犬子(갱음주즉견자)]"라고 새겼으나

며칠을 못 가 다시 술을 마시고 말았고
부끄러움을 피하려 그는 슬그머니 글자 하나를 덧붙여

"다시 술을 마신다면 개새끼라 할 수 있겠는가?
[更飮酒則犬子乎(갱음주즉견자호)]"라고 했으니

결국 '乎(의문 어조사 호)' 한 글자로 죄를 비껴가려 한
인간의 약함이 참으로 너그럽고 또 우습다.

한자 '酒(술 주)'는
酉(닭 유)에 水(氵. 물 수)가 더해진 글자이다.

酉는
본래 술을 담는 항아리 모양에서 비롯되었다.

그래서 '닭이 물 마시듯 고개를 꺾어 마신다'는 표현도
여기에서 나왔으며

시간으로는 酉時(유시),
곧 해질 무렵 오후 5시에서 7시 사이를 뜻해

하루의 노동을 마치고 한잔 기울이기에 가장 좋은 때였으니
예부터 사람들은 이 시각을 '술의 시간'이라 여겼다.

옛사람들은 술과 여자를 늘 함께 경계했는데
이는 남녀를 막론하고
인간의 본능을 다스리는 가르침이었다.

"술이 사람을 취하게 하는 것이 아니라,
사람이 스스로 취하는 것이고,

[酒不醉人 人自醉(주불취인인자취)]

여자가 사람을 미혹하게 하는 것이 아니라,
사람(남자)이 스스로 미혹되는 것이다.

[色不迷人 人自迷(색불미인인자미)]"라고 하여

결국 문제는 술도, 여자도, 세상도 아닌
자신의 마음임을 일깨웠다.

여기서 '色(색)'이라는 글자를 들여다보면 흥미롭다.
色의 소전小篆 자형(色)은

한 사람이 다른 사람 위에 올라타고 있는 형상이다.

《설문》에서는 이를 "얼굴빛顏氣"이라 풀이했으나,
그 이면에는 더 본능적인 생태가 숨어 있다.

민간의 설에 따르면 色자가 성性적인 의미로 쓰이게 된 것은
뱀이 성교할 때
몸의 색깔을 화려하고 급격하게 변화시키는 모습에서 유래했다고 한다.

인간 또한 욕망이 극에 달할 때
얼굴빛이 붉게 변하는 것이 이와 닮았기 때문이다.

이러한 흔적은 색이 풍성함[豊]을 뜻하는 艶(요염할 염)과
색이 없음[弗]을 뜻하는 艴(성낼 불)의 구성에서도
그 의미의 줄기를 찾을 수 있다.

재미있는 점은 이 '色(sè)'의 발음과 의미가
서양의 'Sex'와 묘하게 닮아 있다는 사실이다.

라틴어에 뿌리를 둔 'Sex' 역시
'나누다, 구분하다'라는 뜻의 'seco'에서 유래하여
남녀의 구분을 뜻하게 되었는데,

동양의 色 또한 남녀의 구분이
본능적 안색으로 드러남을 포착했으니,

동서양을 막론하고 인류는
본능의 역동을 '나누고(구분) 변하는(안색)' 기호로 공유해 온 셈이다.

그래서 "여자를 피하기를 원수를 피하듯 하라
[避色如避讎(피색여피수)]"라는 말이 남았으니

'피한다'는 것은
미워한다는 뜻이 아니라 스스로를 지키기 위함이었다.

공자는 《논어》에서
"군자에게는 세 가지 경계가 있다"라고 하여

"어릴 때는 혈기가 안정되지 않으니 여색을 경계하고,
장성하면 혈기가 강하니 싸움을 피하고,
늙으면 혈기가 쇠하니 탐욕을 버려라."라고 하였다.

여기서 '탐욕'은
단순히 재물에 대한 욕심만이 아니라

젊음과 미색에 대한 미련,
즉 다시금 '여자를 얻고자 하는 욕망'일 수도 있다.

결국 인생의 세 시기는
스스로를 이기는 법을 배우라는 가르침을 담고 있다.

술이라는 글자는

단순히 '마시는 것'을 뜻하지 않고

그 안에는 욕망과 깨달음,
인간의 허물과 성찰이 함께 들어 있다.

이백은
술로 하늘을 보았고

남공철은
술로 자신을 반성했다.

그러나 그는 결국 '酤(호)' 한 글자에
자신의 약함을 감추었으니

결국 술이란 사람을 취하게 하는 것이 아니라
사람의 마음을 드러나게 하는 거울이다.

4

연목구어
― 사자성어 속 한자의 다른 얼굴

緣木求魚(연목구어)는
문자 그대로 읽으면
'나무에 올라가 물고기를 구한다'는 뜻이다.

하지만 이 성어의 핵심은 단순한 글자 풀이에 있지 않다.
《孟子(맹자)》에서 맹자는

제나라 선왕이
천하를 무력으로 소유하려는
어리석은 욕망을 비유하며 이 표현을 사용했다.

즉, 목표 달성이
본질적으로 불가능한 일을

억지로 좇는 어리석음을 경고하는 말이다.

여기서 특히 주목할 글자는
緣(인연 연)이다.

일상적인 의미로는
'인연'이나 '연결'을 떠올리기 쉽지만,
이 성어에서는 '오르다'라는 뜻으로 쓰였다.

만약 글자 그대로
'나무를 인연으로 고기를 잡는다'라고만 이해한다면,
본래 의도를 놓치고 단순한 낚시 이야기로 오해하기 쉽다.

이처럼 사자성어에서는
글자 하나하나가 문맥[대구對句] 속에서
본래 뜻과 다르게 쓰이는 경우가 많다.

비슷한 사례를 보면 이해가 쉽다.
過猶不及(과유불급)의
猶(오히려 유)는
'같다'로 해석해야 한다.

日就月將(일취월장)의
將(장수 장)은 就(나아갈 취)와 상대하여
'나아가다'로 이해해야 한다.

溫故知新(온고지신)의
溫(따뜻할 온)은 知(알 지)와 상대하여
'익히다'라는 의미가 적합하다.

즉, 사자성어를 정확히 이해하려면
글자 하나하나의 뜻만 보는 것이 아니라,
전체 문맥과 사용 의도까지 함께 고려해야 한다.

단순히 문자 그대로만 읽으면,
본래 담긴 교훈과 경고를 놓치거나 오해할 수 있다.

緣木求魚는
그 자체로 한자의 다층적 의미를 보여주는 대표적 사례다.

불가능한 목표를 좇는 어리석음을 경고하며,
글자 하나에도 숨은 의미가 있음을 일깨운다.

사자성어를 읽을 때는
항상 문맥과 의도를 함께 살피고,
글자와 전체 뜻을 함께 연결해야 한다는 중요한 교훈을 준다.

5

닭을 타고 돌아가다

— 웃음 속 지혜

김선생은 말하자면,
옛날식 개그맨이었다.

어느 날 친구 집을 찾았더니,
주인은 정성껏 술상을 차려놓고

"미안하네, 집이 가난하고
시장이 멀어
좋은 술과 안주를 준비하지 못했네."라고 했다.

마침 마당에는 닭들이 모이를 쪼고 있었다.
이를 본 김선생은 능청스럽게 말했다.

"대장부는 천금도 아끼지 않는 법,
내가 타고 온 말을 술안주로 쓰도록 하지."

친구가 웃으며 물었다.
"그러면 돌아갈 때는 무엇을 타고 가지?"

김선생은 눈 하나 깜빡하지 않고 답했다.
"저기 있는 닭을 빌려 타고 가겠네."

친구는 폭소했고,
닭으로 정성껏 안주를 마련했다.

또 다른 날,
친구 집에 갔을 때는 술안주를 준비해야 하는데
땔 나무가 없다고 했다.

김선생은
"걱정 마시게,
내 갓을 태우면 되지 않겠나?"라고
능청스럽게 말했다.

친구가
"그러면 돌아갈 때는?"이라고 묻자,

그는 "저 담장 나무를 빼서
갓을 만들어 쓰고 가려 하네."라고 답했다.

친구는 결국 울타리 나무를 빼 안주를 마련했다.

이 짧은 일화들 속에는 재치와 유머,
그리고 사람을 다루는 지혜가 담겨 있다.

김선생은 화내거나 비난하지 않고,
기지와 여유로 분위기를 바꾸며

친구의 체면을 살리는 동시에 웃음을 자아냈다.
인생에서도 뜻대로 되지 않는 상황이 많지만,

재치 있는 한마디와 여유로운 마음이
관계의 벽을 허물고 웃음으로 바꿀 수 있다는 교훈을 남긴다.

공부로 얻은 지식보다
사람 사이에서 피어나는 유머와 재치가
때로는 더 큰 인생의 자산임을 보여주는 이야기다.

6

웃음과 말의 지혜
— 삶을 헤쳐 나가는 재치와 통찰

笑(웃음 소)는
竹(대 죽)과 음을 나타내는 夭(요염할 요)로 구성된 형성자로,

《설문》에서는
"원래 竹과 犬으로 구성되었으나,
후에 犬이 夭로 바뀐 것은

대나무가 바람에 흔들리는 모습이
사람이 웃는 모습과 같다는 데서 비롯되었다."라고 설명한다.

笑로 구성된 대표적 사자성어로
一笑一少(일소일소),
一怒一老(일노일노)가 있는데,

이는 "한 번 웃으면 한 번 젊어지고,
한 번 성내면 한 번 늙는다"는 뜻으로,
현대의 웃음 치료 등 정신 건강의 의미적 배경이 되기도 한다.

柳義孫(유의손)의 〈笑臥亭(소와정)〉에서는
시의 제목과 내용에서도 알 수 있듯
매사에 웃는 삶을 강조하며,

'누워서 웃는 정자'라는 이름처럼
삶 속에 웃음을 적극적으로 담았다.

시에는 무려 여덟 번이나
'笑'자가 등장한다.

소와당에 늙은이 한가로이 누워서 **웃네.**
하늘을 쳐다보고 크게 **웃고** 다시 길게 **웃는다.**
옆 사람들아 주인이 **웃는다**고 비**웃지** 마소!
찌푸리면 찌푸릴 일 생기고 **웃으면** 웃을 일만 있다오.

笑臥堂翁閒臥**笑**(소와당옹한와소)	仰天大**笑**復長**笑**(앙천대소부장소)
傍人莫笑主人**笑**(방인막소주인소)	顰有爲顰**笑**有**笑**(빈유위빈소유소)

웃음으로 하루를 맞이하고
사람과 세상을 대하는 태도의 중요성을 보여준다.

이처럼 웃음은
단순한 감정 표현을 넘어,

말과 관계를 부드럽게 만드는 최고의 지혜다.

앞서 살펴보았던 '세난說難'이
상대의 마음을 읽어야 하는 말하기의 어려움을 경계했다면,

여기서 말하는 웃음과 해학은
그 어려움을 가볍게 뛰어넘는 '여유의 힘'을 보여준다.

논리 정연한 말은 머리를 끄덕이게 하지만,
재치 있는 농담과 웃음 섞인 말은
굳게 닫힌 상대의 마음을 무장해제 시킨다.

유의손이 소와정에서 웃음을 통해
세상의 시름을 잊고 삶을 긍정했듯이,

우리 선조들은 팍팍한 삶 속에서도
여유와 해학을 잃지 않는 것을
진정한 어른의 덕목으로 여겼다.

결국, 웃음과 재치, 그리고 현명한 말 한마디는
때로는 삶의 거친 파도를 가장 부드럽게 넘는
든든한 뗏목이 되어준다.

7

놀이로 여는 글자의 세계

— 성냥개비와 쪽지 속의 깨달음

한자는
더 이상 딱딱한 문자 학습의 대상이 아니다.

조금만 시선을 달리하면,
놀이 속에서도 그 구조와 뜻을 배울 수 있는 살아 있는 언어다.

예를 들어,
성냥개비 여덟 개를 하나씩 차례로 놓으며 완성한 한자들을 보자.

一, 二, 三, 山, 日(日), 田, 由(甲), 申

이 단순한 배열 속에서
山(산)은 중요한 전환점을 이룬다.

정면으로 보면 단순한 세 개의 직선이지만,
옆에서 바라보면 비로소 산의 형태가 드러난다.

이는 '시선의 전환'이
곧 '깨달음'으로 이어짐을 말해준다.

앞만 보고 달리기보다,
옆을 보고 다르게 바라볼 때 비로소 새로운 의미가 열린다.

시선을 바꾸어
숫자의 조합으로 예술을 완성한 사례도 있다.

북송의 문장가 蘇東坡(소동파)가 그린
〈百鳥歸巢圖(백조귀소도)〉가 그것이다.

제목 그대로 백 마리의 새가 둥지로 돌아가는 형상을 그린
이 작품 옆에는 기묘한 화제畵題가 적혀 있다.
"一隻又一隻(일척우일척)
三四五六七八(삼사오륙칠팔)"

언뜻 보면 숫자를 나열한 것에 불과해 보이지만,
여기에는 '100'이라는 숫자를 완성하는
정교한 수수께끼가 숨어 있다.

'일척우일척'은
새 한 마리와 또 한 마리니 '2'가 되고,

이어지는 숫자들을 곱하면 3×4=12,

5×6=30,

7×8=56이 된다.

이들을 모두 합하면

신기하게도 그림 속 새의 숫자인 '100'이 된다.

문자를 숫자적 유희로 치환하여 그림의 제목을 증명해낸

소동파의 천재적 재치가 돋보이는 대목이다.

또 다른 날,

한 아가씨가 조용히 건넨 쪽지 한 장.

그 속에는 수수께끼 같은 문장들이 적혀 있었다.

"國無城 門入木 原頁目儿"

한참을 들여다보니 이것은 한자 퍼즐이었다.

國無城 → 或(혹 혹), '나라에 성이 없다'

門入木 → 閑(한가할 한), '문 안에 나무가 들어갔다'

原頁 → 願(바랄 원), '원하다'

目儿 → 見(볼 견), '보다'

즉, "혹或 한閑 원願 견見"

— "혹시 시간 있으면 만나자."

글자 속에 감춰진 장난기 어린 메시지,

그리고 그것을 풀어내는 순간의 즐거움은
문자 학습을 넘어서 마음을 이어주는 소통의 예술이었다.

이러한 글자의 유희는
때로 삶의 절박한 수단이 되기도 한다.

중국의 어느 노숙자가
길바닥에 '2345 6789'라는 숫자만 써놓고 앉아 있었다.

사람들은 고개를 갸우뚱했지만,
한자의 음音을 아는 이들은
이내 무릎을 쳤다.

숫자 '1'이 없으니 '1(yī)이 없다[一無]'는 뜻인데,
이는 발음이 같은 '옷이 없다[衣無]'는 은유다.

또한 끝에 '10'이 없으니 '10(shí)이 없다[十無]'는 뜻이며,
이는 곧 '먹을 것이 없다[食無]'는 호소였다.

따라서 "2345 6789"는
"입을 옷도, 먹을 양식도 없는 처지이니 도와달라"는
가장 고차원적인 구걸이었던 셈이다.

이처럼 한자는 발음이 같은 글자를 통용通用하는 특성을 이용해,
직접적인 언어보다 더 깊고 재치 있는 울림을 만들어낸다.

성냥개비로 그린 글자와
쪽지 속 퍼즐은 서로 닮았다.

하나는 형태를 새롭게 보는 눈을 열어주고,
다른 하나는 뜻을 엮어 전하는 마음을 일깨운다.

한자는
이처럼 놀이 속에서도 우리에게 가르침을 준다.

조금만 시선을 바꾸면,
글자 하나에도 세상과 사람을 잇는 깊은 즐거움이 숨어 있다.

8

수水의 문자 철학

— 흐름 속의 한자와 삶의 지혜

한자 가운데 水(물 수)는
생명의 근원이자 문명의 출발점과 맞닿은 글자이다.

부수로 쓰일 때에는
氵(삼수변) 또는 氺(물 수)의 형태로 나타나며,
가장 많은 글자와 결합하는 부수 중 하나다.

물이 모든 생명을 품듯,
한자에서도 水는 수많은 뜻을 낳는다.
실제로 氵를 포함한 한자는 600자 이상에 이른다.

예를 들어, 泗(물 이름 사, 한자검정 2급)는
네 갈래의 물줄기가 합쳐진 모양에서 비롯된 글자다.

四(넉 사, 한자검정 8급)와 같은 음을 빌려 만든 형성자로,
물의 모임과 흐름을 담고 있다.

이러한 구조를 이해하면 단순한 암기가 아니라,
글자 속 자연의 원리를 함께 배울 수 있다.

그중에서도 漢(한나라/한수/은하수 한)은
'한수漢水'라는 물 이름에서 출발하였다.

후대에는 한나라의 국호로 쓰였고,
또 서울의 옛 이름 漢陽(한양)에도 남아 있다.

'산의 남쪽과 강의 북쪽을
陽이라 한다[山南水北日陽(산남수북왈양)]'는 원리에 따라,
한강의 북쪽 땅이 바로 한양이었다.

한라산漢拏山은
은하수를 뜻하는 '한漢'과
붙잡는다는 뜻의 '나拏'가 합쳐진 이름으로,

산이 너무 높아
정상에 서면 은하수를 손으로 잡을 수 있다는 의미를 담고 있다.

이처럼 한자는 단순한 부호가 아니라,
지리와 역사, 인간의 사고가 함께 스며 있는 문자이다.

우리 조상들은
자연에서 도덕과 학문의 길을 배웠다.

까마귀가 어미에게 음식을 물어다 주는 모습에서
反哺報恩(반포보은)을,

수달이 음식을 늘어놓고 먹는 습성에서
제사의 의미를,

변함없는 소나무에서
절개를,

곧은 대나무에서
정절을 배웠다.

그렇다면 물은
우리에게 무엇을 가르쳐주었을까?

공자孔子는
끊임없이 흐르는 물을 보며 쉼 없는 수양의 자세를 깨닫고,

천상지탄川上之嘆이라 하여
"흐르는 물과 같이 배움을 멈추지 말라"고 가르쳤다.

맹자孟子는
고인 물이 넘쳐 흘러야 앞으로 나아간다는 원리를 통해,

학문도 기초를 다진 뒤에야 발전할 수 있음을
盈科而進(영과이진, 웅덩이 과)이라는 말로 전했다.

노자老子는
"가장 좋은 덕은 물과 같다上善若水"라 하며,

물의 겸손함과 포용력을 최고의 덕목으로 삼았다.
물은 모든 것을 이롭게 하면서도 스스로 낮은 곳으로 향한다.

모이면 평등을 이루고, 장애물을 만나면 돌아가며,
마침내 바다라는 목적지에 이른다.

그러나 한편으로는 홍수처럼
성정을 잃을 때 무서운 파괴력을 드러내기도 한다.

이처럼 물은
겸손과 절제,
포용과 지혜,
그리고 스스로를 다스리는 힘을 동시에 상징한다.

그래서 공자는
"지혜로운 자는 물을 좋아한다(智者樂水, 지자요수)"라고 했다.

지혜란
물처럼 막힘없이 흘러가며,
스스로 길을 만들어가는 힘이기 때문이다.

한자의 세계 속에서도
물의 철학은 이어진다.

航(배 항)은
舟(배 주)와 亢(높을 항)이 결합한 형성자이며,
돛대가 높이 솟은 배의 모양을 본뜬 회의의 뜻도 담고 있다.

航海(항해)는
바다를 다니는 일,

航空(항공)은
하늘을 나는 일이다.

글자 그대로 풀이하면
'하늘을 나는 배'이지만,
새로운 발명인 비행기를 기존의 '배航' 개념으로 표현한 것이다.

이러한 방식은 영어에서도 같다.
'배'를 뜻하는 ship이

'spaceship(우주선)'으로 확장된 것처럼,
한자도 기존의 개념을 빌려 새로운 세계를 표현한다.

결국 문자란
새로운 사물을 담기 위해 끊임없이 흘러가는,
하나의 정신적 물줄기인 셈이다.

부록

— 글자 속 창의와 유희의 세계

부록은
글자를 단순한 학습의 대상이 아니라 창의와 사유,

놀이의 도구로 바라보며,
배움과 깨달음을 확장하는 장이다.

합자合字와 신조어는
여러 글자를 결합하고 변형함으로써

새로운 의미와 소리를 만들어 내는 과정에서
한자의 창의적 가능성과 언어적 유희를 보여준다.

田(전), 鼎(정), 辛(신), 大(대)의 변형은
글자 구조의 미묘한 변화 속에 담긴 상징과

미학을 탐색하며,
형태와 의미의 관계를 직관적으로 이해하게 한다.

입성入聲과 장단음의 이해는
한자의 소리와 운율 속에 담긴 철학적 깊이를 느러내며,
말과 글이 결합된 언어적 사고를 확장한다.

글자 속의 변주 — 속자俗字와 이체자異體字의 세계는
통용과 변형 과정을 통해 문자 문화의 유연성을 보여주고,
글자의 역사와 시대적 의미를 새롭게 읽어내도록 돕는다.

입에 오르는 이름은
음식과 인물, 명성과 영웅의 이야기를 엮어,
이름이 사람과 문화의 기억 속에서 살아가는 방식을 탐색한다.

마지막으로,
묻고 답하다 ― 문답 속에 피어난 한가로운 마음은
시詩와 산문,

나아가 동요 속에 녹아있는 대화의 형식을 통해
글자가 어떻게 감성과 소통의 도구가 되는지 살핀다.

이백의 '소이부답笑而不答'이 보여주는 여백의 미학은,
글자를 통해 도달하고자 하는 최종적인 경지가
결국 '마음의 한가로움'에 있음을 일깨워준다

이처럼 부록은
글자의 구조와 변형,
소리와 운율,
창의적 결합과 문화적 의미를 함께 살피며,

학습과 놀이,
사유가 한데 어우러질 때 글자가 지닌 지혜와 즐거움을 깊이 체험하게
한다.

1

합자合字와 신조어

— 한자 속 창의와 유희의 세계

合字(합자)는
여러 글자를 결합하여
새로운 의미와 음을 만들어 낸 글자이다.

단순히 형태를 이어 붙이는 것이 아니라,
그 안에 의미와 사상,
인간의 상상력을 함께 담아내는 창의적 장치다.

한자의 세계에서 합자는
문자 예술의 정점이자,
인간 사고의 유희가 가장 자유롭게 발현된 영역이라 할 수 있다.

유학과 도가의 사상을 표현한

합자에서 그 철학적 깊이가 잘 드러난다.

孔孟好學(공맹호학)은
가운데 子를 중심에 두어
공자와 맹자가 학문을 좋아했음을 상징하며,
인간이 추구해야 할 지향점을 한 글자 안에 담았다.

또한 吾唯知足(오유지족)은
가운데 口를 중심으로
동서남북의 네 방향에 글자를 배치하여,
노자가 말한 자족自足의 철학을 형상화하였다.

이처럼 합자는
단순한 문자 조합이 아니라,
사상과 세계관을 시각적으로 드러내는 상징 체계로 기능했다.
상업적 목적에서도 합자는 빛을 발했다.

進寶財招(진보재초)는
"지나가는 사람은 모두 보물이요,
재물이니 불러들이라"는 뜻으로,

중국의 식당이나 상점에서
재물과 행운을 부르는 길상문자吉祥文字로 사용되었다.

이 글자는
한자의 결합 원리를 현실의 기원祈願과 결합시켜,
인간의 삶 속에 합자의 힘을 실현한 예라 할 수 있다.

자연과 사물을 표현한 합자도 흥미롭다.

集(모을 집 )은
나무 위에 새가 모여 있는 형상으로,

상서로운 기운이 '집'으로 들어오기를 바라는 주인의 뜻을 담았고,

星(별 성 ⽣)은
금문에서
晶(수정 정)과 生(생)을 결합해
밤하늘의 별빛을 시각적으로 형상화했다.

果(실과 과 ⽊ ⽊)는
나무 위에 맺힌 열매를 표현했으며,

雷(천둥 뢰 ⾬ ⾬)는
갑골문과 소전을 거치며
번개의 섬광과 천둥의 울림을 함께 나타냈다.

이들 합자는
사물의 모양을 본뜬 데 그치지 않고,
자연의 질서와 인간의 인식,
철학적 사유까지 글자 속에 담아낸 결과물이다.

이러한 창의성은
累(여러 루 ⽷)에서도 잘 드러난다.

'실糸'과 '밭田'을 결합해 '쌓이다',
'여러 번'이라는 의미를 확장시킨 이 글자는,

한 글자 안에서 사물과 경험,

시간과 양의 개념을 동시에 포괄할 수 있음을 보여 준다.

합자의 원리를 지사자指事字와 회의자會意字,
형성자形聲字의 관점에서 보면,
한자의 조형 논리가 더욱 분명해진다.

예를 들어 上(위 상 ⸤)은
기준선 위에 짧은 획을 더해 '높은 곳'을 뜻하고,

下(아래 하 ⸥)는
기준선 아래 짧은 획을 표시해 '낮은 곳'을 의미한다.

이러한 상하의 구조 원리를 현대적으로 변형한 신조어가
바로 卡(카드 카)이다.

上과 下를 합쳐
'신분의 높고 낮음'과 동시에
카드를 위에서 아래로 긁는 행위를 상징하는 글자로 만들어졌는데,

비록 실제 조자 원리와는 다르더라도,
한자의 상징성과 유희성을 현대적 맥락으로 확장한 사례로 볼 수 있다.

합자의 힘은
단지 시각적 결합에 머물지 않는다.

解(풀 해)의 경우,

갑골문(🐂)과 금문(🐂)에서는 牛(소)와 角(뿔),
사람의 손을 결합하여
'소의 뿔을 절개하는 모습'을 나타냈다.

소전(解)으로 오면서
손의 모양은 刀(칼)로 바뀌었고,

본래의 뜻인 '소의 뿔을 분해하다'에서
'해부하다', '해결하다'로 의미가 확장되었다.

이로부터 파생된 懈(게으를 해), 蟹(게 해), 邂(만날 해) 등은
모두 解의 음을 빌린 형성자이다.

그러면서도 懈(게으를 해)는 마음이 풀린 상태를,
蟹(게 해)는 게의 발 여러 개가 풀려 있는 형상을,
邂(만날 해)는 가다가 만난 상황이 바쁘지 않은 상황임을 알려준다.

하나의 글자가
음과 뜻으로 다른 글자에 영향을 미친다는 점에서,
한자의 체계가 얼마나 유기적이며 논리적인지를 알 수 있다.

한자의 유희적 사고는
일상에서도 이어졌다.

사찰의 화장실 이름인 解憂所(해우소)는
'우울함을 풀어내는 곳'이라는 뜻으로,

'근심을 해소하는 장소'라는 의미와 절묘하게 맞아떨어진다.
이 이름을 붙인 스님은 참으로 득도하신 분일 것이다.

급하게 화장실을 다녀온 사람이라면
누구나 그 뜻을 공감共感할 수 있기 때문이다.

이와 비슷하게 중국에서는
공중화장실을 영어로 W.C(Water Closet)라 부르지만,

외래어 사용을 꺼리는 중국인들은
'多不有時(다불유시)'라는 합자를 만들어 사용했다.

발음이 영어와 유사할 뿐 아니라,
'정해진 때 없이 자주 가게 되는 곳'
이라는 뜻으로 풀이된다.

이 글자에는 형성形聲과
회의會意의 원리가 모두 담겨 있으며,
유머와 실용이 절묘하게 어우러져 있다.

이처럼 합자의 원리와 조형은
현대 신조어에서도 여전히 살아 있다.

예를 들어 미니스커트는
迷你裙(mí nǐ qún)이라 하여
'너를 혼미하게迷你 하는 치마裙'라는 뜻을,

골프는
高尔夫(고이부)로
'지위가 높은 장부'를,

비아그라는
偉哥(위가)로
'위대한 형'을 뜻하도록 조합하였다.

외래어를 그대로 쓰지 않고
의미와 발음을 살려 새롭게 한자화한 것이다.

이러한 복잡한 방식의 조어법은,
예로부터 중국이 스스로를 세계의 중심으로 여겼던
문화적 자의식에서 비롯되었다.

주변 민족을
동이東夷·서융西戎·남만南蠻·북적北狄이라 부르며
오랑캐로 구분했던 전통적 시각은,

외국어를 그대로 수용하기보다
한자의 질서 안에서 새롭게 해석하려는 태도로 이어졌다.

조선 후기의 실학자 정약용 역시
지동설을 받아들이며,

"조선에 태어나 조선의 자연과 음식을 보고,

조선의 시를 짓겠다."라고 했다.

이는 중국 중심 사상에서 벗어나려는
자주적 언어관의 선언이었다.

하지만 오늘날까지
중국이 외래어를 한자식 신조어로 만들어 사용하는 모습은,

그 문화적 자부심과
문자 전통이 얼마나 강력한지 보여 준다.

결국 합자와 신조어는
한자의 창의적 조합력과 상징적 사고의 결정체다.

그 안에는 자연과 사물,
철학과 실용,
전통과 현대가 한데 녹아 있다.

한 글자를 자세히 들여다보면,
우리는 단순히 언어를 배우는 것을 넘어

세상을 관찰하고 사고하며,
삶과 문화를 체험하는 또 하나의 지혜의 길을 만나게 된다.

2

田(전), 鼎(정), 辛(신), 大(대)의 변형

한자는 단순히 소리를 기록한 문자가 아니라,
형태 속에 생활과 사유의 흔적을 담은 상형적 기록이다.

그중에서도 '밭田'과 '솥鼎',
그리고 '형벌의 도구辛'와 '사람의 몸大' 등은

서로 다른 영역의 기호이지만,
시대와 용도에 따라 끊임없이 변형되어 새로운 뜻을 낳았다.

먼저 田(밭 전 田)은
단순한 밭의 모양을 넘어서 여러 의미적 변용을 보여 준다.

畢(마칠 필 畢)에서는

새를 잡는 그물의 형태로,
노동과 마무리의 이미지를 담았다.

思(생각 사 ᵍ)의 田은
囟(신)으로 변형되어 머리뼈 속의 뇌,
곧 생각의 근원을 상징한다.

果(실과 과 果)의 田은
나무 위의 열매를 나타내며,
결실과 생명의 완성을 표현한다.

또 異(다를 이 異)와
畏(두려울 외 畏)의 田은

탈을 쓴 얼굴의 형상으로,
낯섦과 공포라는 감정의 표정을 그려낸다.

이처럼 같은 형태라도
맥락과 결합에 따라 다양한 의미로 확장되며,
한자는 '모양의 언어'로서 사고의 폭을 넓힌다.

鼎(솥 정) 역시
의미의 파생이 풍부하다.

具(갖출 구 具)는
鼎과 廾(두 손)이 결합되어,

음식을 담는 그릇에서
'갖추다', '완비하다'의 뜻을 낳았다.

員(인원 원 鼎)은
貝(鼎의 약자)와 口(입 구)가 결합하여

둥근 솥의 형상을 본뜬 글자로,
'사람 수를 헤아리다'의 의미로 발전했다.

賊(도둑 적 戝)은
戈(창 과), 刀(칼 도), 貝(鼎 약자)로 이루어져,
창과 칼로 귀한 솥을 훔치는 모습에서 '도둑'의 뜻이 생겼다.

貞(곧을 정 貞)은
卜(점 복)과 貝(鼎 약자)가 합쳐져,

솥 속 불길로 점을 치던 의식에서
'곧고 바르다'의 의미로 전이되었다.

또한 則(법 칙 則)은
鼎에 刂(칼 도)가 더해져,
솥가에 법문을 새겨 두던 제도에서
'법칙'이라는 추상적 개념으로 확장되었다.

솥은 단순한 조리기구를 넘어,
공동체의 질서와 규범을 상징하는 성스러운 도구였던 것이다.

辛(매울 신 ![신 갑골문])은
본래 형벌 도구를 본뜬 글자였다.

竟(마침내 경 ![경 갑골문])은
人(사람 인) 위에 辛이 놓여,

노예의 머리에 형벌 자국을 새긴 모습에서
'마치다'의 뜻이 생겼다.

童(아이 동 ![동 갑골문])은
辛과 重(무거울 중, 생략형)이 결합되어,

아이에게 형벌을 내리는 장면을 나타내며,
'종', 나아가 '어린아이'의 뜻으로 가차되었다.

妾(아내 첩 ![첩 갑골문])은
辛과 女(여자 여)가 결합한 글자로,

죄를 지은 여성의 신분에서 비롯된 글자가
후에 '작은 아내'의 의미로 변화하였다.

이처럼 辛은
고통과 형벌의 상징에서

인류와 신분의 상징으로 옮겨가며,
인간사회의 질서 구조를 문자 속에 새겨 놓았다.

大(큰 대)는
사람의 팔을 벌린 모습을 형상화한 글자로,
인간의 신체와 행위를 바탕으로 여러 글자를 낳았다.

去(갈 거 　)는
大와 口(입 구)가 결합하여,

문을 열고 떠나는 사람의 형상에서
'가다'와 '버리다'의 뜻이 생겼다.

乘(탈 승 　)은
大와 木(나무 목)으로,

사람이 나무에 올라탄 모습에서
'타다'의 의미로 발전했다.

亦(또 역 　)은
大의 양쪽에 점을 더해 사람의 겨드랑이를 나타내며,
'또한'이라는 뜻으로 쓰였다.

赤(붉을 적 　)은
大와 火(불 화)가 결합하여,

사람이 불 위에 서 있는 모습에서
'붉음'의 뜻이 생겼고,

走(달릴 주 走)는
大와 止(발)로 구성되어,
사람이 발을 움직여 달리는 동작을 나타낸다.

결국 大는
인간 행위의 기본 틀로서,
인간 중심의 문자 사고를 형성했다.

3

입성入聲과 장단음의 이해
― 소리의 철학

한자 능력 검정시험에서는
장단음과 관련된 문제가 드물게 출제된다.

때문에 시험 공부에서는
장단음을 깊이 파고들기 어렵고,
흔히 선생님들은 "그냥 찍어라"라고 조언한다.

실제로 문제 수가 적고,
장단음을 정확히 구분하기 어렵기 때문이다.

그러나 장단음을 이해하는 것은
단순한 시험 대비를 넘어
한자의 본질을 이해하는 데 중요한 열쇠가 된다.

장단음을 익히는 가장 효과적인 방법은
한시를 직접 지어 보는 것이다.

한시를 작성하며 사성四聲 중
입성(ㄹ, ㄱ, ㅂ 받침)이 짧게 발음된다는 사실을
자연스럽게 체득할 수 있다.

입성 발음을 반복적으로 경험하면,
단순 암기식 학습에서 벗어나
발음과 리듬을 통한 한자 이해가 가능해진다.

예를 들어, 입성 받침인
ㄹ, ㄱ, ㅂ은

'술국밥', '촉급말'과 같은
연상 어구를 통해 쉽게 기억할 수 있다.

이렇게 발음과 체험을 연결하면,
한시나 한자 발음을 익히는 과정에서
자연스럽게 장단음과 음의 길이를 구분하게 된다.

흥미로운 점은,
이러한 입성 발음이
한국어 한자음에서만 특징적으로 나타난다는 것이다.

중국어나 일본어에는

입성 발음이 존재하지 않는다.

예를 들어 한자의 北(북녘 북)은
'敗北(패배)'에서는 '배'로 발음되고,

중국의 수도 北京은 '베이징Beijing',
대만의 大北은 '타이뻬이Taipei'로 읽힌다.

바둑 기사 이름에서도 이를 확인할 수 있다.
이세돌李世乭의

'乭'은
한국에서 새로 만들어 사용한 한자이므로,

중국에서는 이 글자가 없어서
'李世石(이세석)'으로 표기하다가
알파고와 시합이 있은 이후 이 글자를 새롭게 만들었다.

이세돌과 10번기 승부로 유명한 중국의 바둑 기사
구리古力도
중국에서는 力(력)을 받침 없이 '리'로 발음했다.

일본의 바둑기사
이치리키 료一力遼도
일본어에서도 力(력)을 받침 없이 '리키'로 발음했다.

이처럼 입성 발음을 체득하면,
단순한 발음 학습을 넘어
음과 의미가 연결되는 한자 이해로 확장된다.

이처럼 소리를 체득하는 과정은
곧 한자의 조자 원리인 '음이 같으면
뜻이 통한다'는 법식으로 우리를 안내한다.

이는 단순히 문학적 수사가 아니라,
실생활의 금기나 문화적 관습까지 결정짓는
강력한 힘을 발휘한다.

가까운 예로 중국의 선물 문화를 들 수 있다.
중국에서는
'배[梨]', '우산[傘]', '시계[鍾]'를 절대 선물하지 않는다.

배(梨, lí)는 '헤어지다'라는 뜻의
리(離, lí)와 발음이 같고,

우산(傘, sǎn)은 '흩어지다'라는 의미의
산(散, sǎn)과 소리가 같기 때문이다.

특히 시계를 선물하는 것[送鍾, sòngzhōng]은
임종을 지키다[送終, sòngzhōng]와 발음이 완벽히 일치하여,

상대에게 '죽음'을 선물하는 것과 다름없는 결례가 된다.

이처럼 소리의 일치는 곧 의미의 연결로 이어지며
사람 사이의 운명을 규정짓기도 한다.

이러한 원리는
우리 주변의 식물 이름에서도 찾아볼 수 있다.

시골길에서 흔히 보는 '질경이'는
경상도 사투리로 길을 '질'이라 부르는 데서 유래했다고 알려져 있는데,
실제로 수많은 발걸음에 짓밟혀도 다시 일어나는 '질긴' 생명력을 지녔다.

소리가 통하는 '길(질)'에서 자라며,
그 성질 또한 '질기니' 이름과 생태가 절묘하게 어우러지는 사례다.

소리와 성질이 이처럼 긴밀히 연결되어 있는 것이다.
칡뿌리를 뜻하는 '갈근葛根' 역시 흥미롭다.

칡뿌리의 색은 '갈색褐色'이며,
한방에서는 이를 '갈증渴症'을 해소하는 핵심 약재로 쓴다.

'갈(葛, 褐, 渴)'이라는 같은 음 안에
식물의 이름, 색깔, 효능이 하나의 맥락으로 관통하고 있는 것이다.

연암 박지원의 《열하일기》〈호질〉에서는
이러한 원리를 생생하게 보여준다.

이야기 속에서 범이 창귀에게 묻는다.
"오늘도 벌써 해가 저무는데,
어디서 먹을 것을 취한단 말이냐?"

창귀는
의원과 무당을 추천한다.

그 이유는,
의원은 한약을 만들어 몸에 향내가 배어 있고,
무당은 날마다 목욕재계沐浴齋戒를 하여 몸이 깨끗하기 때문이다.

하지만 범은
그 추천의 이면을 날카롭게 해석한다.

醫(의원 의)는
疑(의심할 의)와 통하며,
사람을 시험하고 해마다 수만 명의 목숨을 빼앗는다는 의미를 담고
있다.

巫(무당 무)는
誣(속일 무)와 통하며,
귀신을 속이고 사람을 유혹하여 해마다 수만 명의 목숨을 빼앗는다는
뜻이다.

범은 이를 통해,
단순히 음이 같은 글자끼리

의미가 통한다는 한자 원리를 보여준다.

이어서 선비와 아첨의 관계를 비판하며,
儒(선비 유) →
諛(아첨할 유)로 연결한다.
즉, 선비는
아첨을 잘하기 때문에 실질적 가치가 없다는 것이다.

이로써 범은 음과 뜻의 연결을 통해
인간 사회와 도덕,
권력 관계까지 비판적으로 드러낸다.

이처럼 식물의 이름부터 중국의 해음諧音 문화,
그리고《열하일기》의 사례는
입성과 장단음을 익히는 과정과 결합될 때,

단순한 발음 학습을 넘어 한자의 구조와 의미,
그리고 문화적 맥락까지 아우르는 통합적 지혜가 된다.

나아가 소리가 뜻으로 통한다는 원리는
자연의 소리를 인간의 삶으로 치환하는 문학적 승화로 이어진다.

조선 후기 활산活山 선생의 〈해조음사解鳥音詞〉는
비 오는 날 들은 다섯 마리 새의 울음소리를 음차하여
당대 현실을 형상화했다.

꿩은 '걸거득乞去得'이라 우니,
"빌러 가면 얻을 것이다乞去則得"라 하였고,

닭은 '곡구다穀求多'라 하니,
"곡식을 구함이 많다"는 뜻이며,

비둘기는 '국구구國耈求'라 하여
"나라의 원로를 구한다"고 읽었다.

종달새는 '노지리勞支離'라 하니
"수고로움이 지리支離하다"는 탄식이고,

까치는 '작작綽綽'이라 우니
"참으로 여유롭도다"라는 찬사로 받았다.

자연의 무심한 울음소리에
'걸乞', '곡穀', '국國', '노勞', '작綽'이라는
소리의 옷을 입히는 순간,

그것은 삶의 험난함과 사회적 보순을 꼬집는
인간의 언어가 된다.

결국 입성과 장단음을 익히는 과정은
단순히 발음을 배우는 것이 아니라,

새소리 하나에서도 세상의 이치를 읽어냈던

옛사람들의 밝은 귀를 회복하는 일이다.

소리는 단순히 공기를 울리는 파동이 아니라,
그 안에 글자의 영혼과 삶의 철학을 담고 있는 것이다.

4

글자 속의 변주
— 속자俗字와 이체자異體字의 세계

한자는 오랜 세월 동안
사람의 손끝과 붓끝에서 끊임없이 변형되어 왔다.

그 과정에서 생겨난 것이
속자俗字와 이체자異體字이다.

속자는
일상 속에서 편하게 쓰기 위해 만들어진 통속적인 글자이고,

이체자는
본래 글자와 자형이 다르지만
같은 뜻과 음을 가진 변형된 글자다.
즉, 세상 속에서 글자가 삶과 함께 달라진 것이다.

이러한 글자들은
단지 '틀린 글자'가 아니라,

시대와 지역, 계층의 문화가 묻어 있는
또 하나의 문자 역사다.

조선시대에는
편지 한 통에도 학문적 자존심이 깃들어있다.

전통 혼례 과정에서도 이러한 글자의 미학은 엄격히 적용되었다.
중매를 통해 혼사가 성사되면

신랑 측에서 신부 측에 편지를 보내는데 이를 '강서講書'라 하며,
여기에는 신랑 아버지의 수결(사인)이 들어간다.

이에 신부 측에서
혼인을 허락하며 답장하는 것을 '허서許書'라 한다.

이때 신부 측은 시부모가 될 분들의 안부를 물으며 건강을 기원하는데,
반드시 몸 체體 자 대신 이체자인 '軆(체)' 자를 사용했다.

본래의 '體' 자는 뼈骨와 제사 그릇豊이 합쳐진 모양으로
'죽은 사람의 몸'을 연상시키기에,

살아계신 어른의 건강을 빌 때는 이를 피하고
풍성할 풍豊 자에 몸 신身 자를 더한

'體' 자를 써서 예우를 갖춘 것이다.

사돈 집안에
일부러 어려운 이체자를 써 보냄으로써
상대의 학식을 시험하기도 했다.

《麗韓十家文抄(여한십가문초)》에 실린 글들이
중국 대가들의 문장보다 난해하다고 평해지는 것도,

이처럼
한 글자에 담긴 자존과 미학의 세계가 치열했기 때문이다.

글자 하나를 '달리 쓴다'는 행위는
단순한 변형이 아니라,

자신만의 정신과 미감을 담는
일종의 문화적 서명署名이었다.

예를 들어,
'入(들 입)'을 중심으로 만들어진 글자들은
모두 '안으로 들어간다'는 공통된 의미를 품고 있다.

'慕(사모할 모 㑺)'는
마음속으로 들어가 사모함을 표현하고,

'暮(저물 모 合)'는

해가 들어가 저녁이 되어감을,

'幕(장막 막 **帀**)'은
천막 속으로 들어감을,

'夢(꿈 몽 **夕**)'은
저녁에 잠들어 꿈속으로 들어감을,

'墓(무덤 묘 **全**)'는
흙 속으로 들어감을 그린다.

'聞(들을 문 **耳**)'은
귀로 들어오는 소리를,

'問(물을 문 **合**)'은
입을 통해 나오는 물음을 나타내며,

'仙(신선 선 **仚**)'은
산속에 들어간 사람을 뜻한다,

또한 '脣(입술 순 **唇**)'은
입술이 조갯살[辰(별 진)은 별이 뜰 무렵 조개가 입을 벌린 형상] 처럼
부드럽다는 감각적 인식에서 비롯되었고,

'溺(빠질 닉 **炎**)'은
물水에 약하면弱 빠진다는 뜻을 문자로 형상화했다.

'地(땅 지 坒)'는
산山과 물水, 흙土이 함께 어우러진
삶의 터전을 그리며,

'塵(먼지 진 尘)'은
사슴鹿이 흙 위를 달릴 때 일어나는
작은 먼지의 모습을 담았다.

'出(날 출 峜)'은
산 아래 또 다른 산이 솟는 형상을,

'秋(가을 추 烁)'는
본래 글자의 변형 '烁'을 통해 계절의 변화를,

'往(갈 왕 徍)'은
걸음彳과 삶生의 방향을 표시하며,

'野(들 야 壄)'는
밭田과 흙土의 결합으로 넓은 들판을 그려낸다.

이처럼 속자와 이체자는
단순한 '다른 글자'가 아니다.

그것은 시대의 언어 감각이요,
쓰는 사람의 미학이다.

붓끝에서 조금 달라진 한 획이,
사람의 생각과 정서를 담은
또 하나의 세계로 열리기 때문이다.

글자는 고정된 형식이 아니라,
시대와 사람을 따라 살아 움직이는 생명체다.

속자와 이체자는 그 생명의 변주이며,
문자 문화가 살아 숨 쉬는 증거다.

5

입에 오르는 이름

— 맛과 명성, 그리고 영웅의 길

옛날
한 마을에 음식 솜씨가 뛰어난 장인이 있었다.

그는 날고기를 얇게 저며 양념을 한 뒤,
숯불 위에서 정성껏 구워 손님들에게 내놓곤 했다.

그의 요리는 너무나 맛있어 사람들의 입에서 입으로 퍼졌고,
마침내 그 이름이 온 고을에 알려졌다.

이렇게 사람들의 칭송이 끝없이 이어질 때 쓰는 말이 바로
膾炙(회자)이다.

膾(회)는

月(고기 육)과 會(모일 회)가 합쳐져
'잘게 썰어둔 肉(月, 육) 고기나 물고기의 회'를 뜻하고,

炙(자)는
月(육) 아래 불火이 있어
'고기를 구워내는 모양'을 나타낸다.

그래서 膾炙之味(회자의 맛)는
단순히 미각의 즐거움이 아니라,

입에서 입으로 퍼지는
명성과 칭찬의 상징이 되었다.

한자 속에는 이미
'소문과 평판의 흐름'이
살아 숨쉬고 있었던 것이다.

그런데,
입에서 전해지는 '맛의 명성'처럼,
사람들 사이에서 오랫동안 회자되는 존재가 있다.

바로 英雄(영웅)이다.
《人物誌(인물지)》에 따르면,

英(영)은 풀 중의 으뜸을 뜻한다.
식물의 세계에서 가장 빼어나게 돋아난 꽃이 '영'이라면,

雄(웅)은 짐승 중의 으뜸으로,
용맹과 기개를 상징한다.

따라서 英雄은
문文과 무武, 지혜와 용기에서 모두 뛰어난 사람을 가리킨다.

膾炙가 '맛의 명성'이라면,
英雄은 '이름의 명성'이다.

한쪽은 혀끝에서 시작해 귀로 전해지고,
다른 한쪽은 마음에서 시작해 세상으로 울려 퍼진다.

결국 둘 다
사람들 사이의 기억과 찬탄 속에서 오래 살아남는다.

옛 장인의 요리가 그랬듯,
진정한 영웅의 이름도 그렇게 세월을 건너 회자된다.

입에 오르는 것은 단지 맛이 아니라,
그 속에 깃든 정성과 품격, 그리고 마음의 싶이이나.

6

묻고 답하다

— 문답 속에 피어난 한가로운 마음

시詩나 노래는 짧은 운율로 우리에게 감성을 자극한다.
이는 산문과 구별된다.

그러나 산문 형식을 빌려 표현하였으나
전혀 거부감을 느끼지 않는 독특한 작품을 발견할 수 있다.

시선詩仙인 이백李白의 「산중문답山中問答」에서 그 면모를 확인해 보자.

나에게 무슨 일로 푸른 산에서 사냐고 묻기로
웃으며 답하지 않으니 마음 절로 한가롭네.
복숭아꽃이 흐르는 물에 아득히 떠내려가니
별천지 있을 뿐, 인간 세상 아니어라.

問余何事棲碧山(문여하사서벽산) 笑而不答心自閑(소이부답심자한)
桃花流水杳然去(도화유수묘연거) 別有天地非人間(별유천지비인간)

시제詩題에서 알 수 있듯 묻고 답하는 구성이다.
1구의 물음에 2~4구가 답하는 형식을 취한다.

여기서 필자가 주목하는 구절은
2구의 "웃으며 답하지 않으니 마음 절로 한가롭네."이다.

말로 표현할 수 없는 심중을
3~4구에서 짧은 설명으로 보충하고 있다.

3구는
도연명陶淵明의 「도화원기桃花源記」에 등장하는
무릉도원武陵桃源을 연상케 하는 도원경桃源境을 묘사한 것이요,

4구는
오늘날에도 인구에 회자되는

"別有天地非人間(별유천지비인간)"이라는 구절을 통해
이곳이 신선의 세계임을 밝힌 것이다.

이러한 묻고 답한 시로는
퇴고推敲 고사의 주인공 가도賈島의
심은자불우(尋隱者不遇. 은자를 찾아왔으나 만나지 못했다)에서도 보인다.

소나무 아래서 동자에게 물으니
스승님은 약초 캐러 가셨는데
지금 이 산속에 계시긴 하지만
구름이 깊어 어디 계신지 알 수 없네요

松下問童子(송하문동자) 言師採藥去(언사채약거)
只在此山中(지재차산중) 雲深不知處(운심부지처)

첫구의 방문자 질문에 2~4구는 동자가 대답으로 이루어져 있다.
시이면서도 산문의 서사 구조를 고스란히 담고 있는 것이다.

이러한 형식은 현대의 동요에서도 발견된다.
초등학교 시절 가장 먼저 배우는 「산토끼」가 대표적이다.

1절(문) 산 토끼 토끼야 어디를 가느냐
깡충 깡충 뛰면서 어디를 가느냐

2절(답) 산 고개 고개를 나 혼자 넘어서
토실 토실 알밤을 주워 올테야

노래 중 1절은 토끼에 대해 인간이 묻고
2절은 토끼가 우리에게 답을 하고 있다.

또한 「옹달샘」 노래 역시 그러하다.

1절(문) 깊은 산속 옹달샘 누가 와서 먹나요.

(답) 새벽에 토끼가 눈 비비고 일어나 세수하러 왔다가 물만 먹고 가지요.

2절(문) 맑고 맑은 옹달샘 누가 와서 먹나요.
(답) 달밤에 노루가 숨바꼭질 하다가 목마르면 달려와 얼른 먹고 가지요.

이 역시
산문적 구조를 운율 속에 자연스럽게 녹여냈다.

필자가 전하고자하는 메시지는 다시
"笑而不答心自閑(소이부답심자한)"으로 귀결된다.

지금까지 한자漢字와 한문漢文을 공부하면서 늘 즐거웠다.
혹자가 힘들지 않은지 의문을 제기할 때면 항상 이 구절이 떠올랐다.

각자의 분야에서 자신만의 길을 묵묵히 걷는 이라면
누구나 이 구절이 주는 깊은 울림에 공감할 것이다.

독자 여러분들도
각고의 노력으로 목표를 향해 나아가는 과정 속에서,

때로는 이 구절을 되새기며
마음속 한 자락 신선의 여유를 누리길 바란다.

때로는 백 마디 말보다 한 번의 깊은 미소가
더 많은 진실을 담고 있음을,
우리 모두는 이미 알고 있기 때문이다.

| 저자 소개 |

최종호崔鍾虎

영남대학교 사범대학 한문교육과 교수
네이버 프리미엄콘텐츠: '한자 속의 비밀찾기' 운영
유튜브 채널:〈요산서당〉운영
논문:〈이순신의 류성룡 존모尊慕와 류성룡의 이순신 탁용擢用〉등 총 25편
역서:《화계집花溪集》등 10여 권

이메일: jongho2327@yu.ac.kr

글자, 삶을 말하다

초판 인쇄 2026년 2월 25일
초판 발행 2026년 3월 5일

저　　자 | 최종호
펴 낸 이 | 하운근
펴 낸 곳 | 學古房

주　　소 | 경기도 고양시 덕양구 통일로 140 삼송테크노밸리 A동 B224
전　　화 | (02)353-9908 편집부(02)356-9903
팩　　스 | (02)6959-8234
홈페이지 | www.hakgobang.co.kr
전자우편 | www.hakgobang@naver.com
등록번호 | 제311-1994-000001호

ISBN 979-11-6995-719-9 03800

값 25,000원